SAUERLÄNDER

Lara Schützsack, geboren 1981 in Hamburg, studierte Germanistik, Allgemeine und Vergleichende Literaturwissenschaften sowie Amerikanische Literatur und Kultur an der Universität Potsdam. Es folgte ein Drehbuchstudium an der Deutschen Film- und Fernsehakademie Berlin. Lara Schützsack lebt und arbeitet als Autorin in Berlin. Für ihr Debüt »Und auch so bitterkalt« erhielt sie 2014 den Ulla-Hahn-Autorenpreis sowie den Oldenburger Kinder- und Jugendbuchpreis. »Sonne, Moon und Sterne« wurde 2019 mit dem Paul-Maar-Preis ausgezeichnet.

Weitere Informationen zum Kinder- und Jugendbuchprogramm der S. Fischer Verlage finden sich auf www.fischerverlage.de.

Lara Schützsack

Sonne, Moon und Sterne

Mit Vignetten
von Regina Kehn

SAUERLÄNDER

MIX
Papier aus verantwortungsvollen Quellen
FSC® C083411

2. Auflage: August 2019

Erschienen bei FISCHER Sauerländer

Umschlaggestaltung: Atelier Seidel Verlagsgrafik unter
Verwendung einer Illustration von Regina Kehn
Illustration auf S. 201: Sarah Burger, Zürich
Satz: Pinkuin Satz und Datentechnik, Berlin
Druck und Bindung: CPI books GmbH, Leck
Printed in Germany
ISBN 978-3-7373-5622-0

Für Janosch zur Erinnerung an Luka,
die mutig war und ein bisschen weise –
und deren Fell die Farbe von Sand hatte.

Gleich vorweg: Warum Gustav ›Gustav‹ genannt wird, weiß eigentlich niemand mehr so genau. Es ist einfach so passiert. Manchmal denkt Gustav, dass nicht mal ihre Eltern ihren eigentlichen Namen noch kennen.

1

Busen, es ist einfach nur Busen!«

Hätte Gustav doch nie gefragt. Aber jetzt ist es zu spät. Sara und Ramona liegen vor Lachen auf dem Boden. Eben noch waren sie in ihrem Normalzustand: nicht wach, aber auch nicht schlafend, die Ohren verschlossen durch Kopfhörer, die Augenlider auf Halbmast. Die beiden hängen alle vierundzwanzig Stunden des Tages an einem iPod mit Doppelstecker wie an einem Tropf. Durch die Kabel läuft Musik in sie hinein und geht fließend in den Strom ihrer Gedanken über, der sich, so ahnt Gustav, um nicht viel mehr dreht als Jungs, Jungs und noch mal Jungs.

Als Gustav ins Zimmer tritt, passiert erst mal gar nichts. Träge starren ihre Schwestern in die Richtung, in der Gustav steht. Nach einer gefühlten Ewigkeit nimmt Ramona langsam einen Stöpsel aus dem Ohr.

»Was?«

Und dann Gustavs Frage. *Die* Frage. Abendelang hatte Gustav im Bett wach gelegen, um sich zu überlegen, wie genau sie sie formulieren würde. Klar, sie hätte auch Erik oder Iris fragen können. Aber das Problem mit Erik und Iris ist, dass sie aus vielem ein zu großes Ding machen. Auch aus unangenehmen Sachen. Besonders aus unangenehmen Sachen. Weil die ja gar nicht unangenehm sind, wie Iris und Erik nicht müde werden zu betonen. Sie setzen dann diesen speziellen Verständnis-Blick auf, der bei Gustav Gänsehaut der schlechten Art auslöst. Genauso wie der Satz: »Wir verstehen, dass du wütend bist!« Einer von Iris' und Eriks Lieblingssätzen. Das Problem ist doch gerade, dass Gustav gar nicht möchte, dass Iris und Erik verstehen, dass sie wütend ist. Wenn sie wütend ist. Denn wenn man wütend ist, möchte man doch ganz einfach wütend sein.

Erik und Iris sind einfach zu verständnisvoll. Ganz anders Gustavs Schwestern, die sich geistig und körperlich am schlimmsten Ort befinden, den Gustav sich vorstellen kann: mitten in der Pubertät. Die Pampa der Menschheit. Ein Ort der geistigen Leere.

»Zeig mal.« Ramona verzieht ihren Mund zu einem Grinsen.

Gustav hebt ihr T-Shirt. Sie ist sich plötzlich nicht mehr sicher, ob Iris' Verständnis-Blick hier nicht doch das kleinere Übel gewesen wäre. Ramona beugt sich vor, kneift die Augenbrauen zusammen, drückt mit ihren kalten Fingern unsanft genau dorthin, wo es weh tut. Gustav durchfährt ein stechender Schmerz. Das verleitet Sara dazu, auch mal zuzudrücken. Ein bisschen fester noch als Ramona.

»Aua!« Gustav reißt ihr T-Shirt herunter. In ihren Augen stehen Tränen.

»Diese kleinen Erbsen da? Brustkrebs?!« Ramona richtet sich auf und fängt an zu lachen. »Das meinst du jetzt nicht ernst. Haben Iris und Erik dich gar nicht aufgeklärt? Gustav denkt, dass sie Brustkrebs hat! Weil sie da unter ihren Nippeln zwei kleine Erhebungen hat. Was lernt ihr eigentlich im Bio-Unterricht?«

Jetzt stimmt Sara prustend in Ramonas Lachen ein.

Gustav zählt innerlich ihre Möglichkeiten auf. Eigentlich gibt es nur zwei: die Flucht ergreifen oder weiter hier stehen und sich zum Gespött ihrer Schwestern machen. Sie beschließt zu fliehen. Doch als Gustav sich rückwärts aus dem Raum bewegt, kreischt Sara.

»Nicht weggehen!«

»Genau, zeig noch mal! Ich muss überprüfen, ob es sich nicht doch um – *pruuust!* – Brustkrebs handelt, oder ob da tatsächlich zwei Erbsen wachsen. Soll ja manchmal vorkommen.« Ramona wischt sich die Tränen von der Wange. »Ich mache mich auch nicht darüber lustig!«, schnauft sie.

»Nein, Quatsch, machen wir nicht«, stimmt Sara ein.

Gustav stolpert weiter rückwärts aus dem Raum.

»Brustkrebs mit zehn! Ich mach gleich in die Hose.«

Die beiden liegen jetzt übereinander vor Lachen.

Auf Zehenspitzen geht Gustav durch den Flur in ihr Zimmer, das unglücklicherweise ganz am Ende des Flurs liegt. Es ist also wahrscheinlich, dass sie auf dem Weg dorthin auf andere Familienmitglieder trifft, die sich erkundigen könnten, was denn so komisch ist, dass Sara und Ramona vor Lachen brüllen. Andere Familienmitglieder, das sind Iris und Erik, die in letzter Zeit unglaublich schlechte Laune haben, und zwar aus vollkommen unterschiedlichen Gründen. Iris, weil sie zu viel, und Erik, weil er zu wenig Arbeit hat.

Als Gustav an Eriks Zimmer vorbeigeht, sieht sie ihn an seinem Schreibtisch sitzen. Er schaut in ihre Richtung. Aber er sieht sie nicht. Er hat die Augen offen, aber seine Gedanken sind geschlossen. Erik gehört eigentlich zu diesen Menschen, die mit den Gedanken immer ganz genau dort sind, wo sie sich auch mit dem Körper befinden. Zu diesen und auch zu den Menschen, die ihre Arbeit lieben, gehört Erik. Er schreibt *Features* über Musiker. Features sind Geschichten fürs Radio. Keine erfundenen, sondern wahre. Seit einem halben Jahr jedoch hat Erik keine Aufträge mehr bekommen.

Und seitdem befindet er sich auffallend oft in diesem Anti-Erik-Zustand. Einem Zustand, in dem er sich zwar in der Wohnung befindet, aber nicht da ist, in dem er guckt, aber nichts sieht.

Gustav hat kurz die Idee, zu winken. Wie man jemandem aus einem fahrenden Bus zuwinkt. Sie fände das lustig. Aber sie ist sich sicher, dass Erik nicht einmal das bemerken wurde.

Als sie noch darüber nachdenkt, biegt Iris – noch in Jacke und Schuhen – aus der Küche in den Flur ein. Sie ist gerade eben vom Arbeiten nach Hause gekommen, und ihr Arbeitstag ist fließend in ihren Arbeitsabend übergegangen: Sie skypt mit einem Kollegen. Iris ist Soziologin, und ihre Aufgabe ist es, einem ziemlich großen Getränkehersteller zu helfen, noch mehr Getränke zu verkaufen. Erik sagt, Iris arbeitet für den Feind.

»Der Feind«, sagt Iris dann zu Erik, »sorgt dafür, dass du hier regelmäßig dein regionales Bio-Steak essen kannst. Der Feind sorgt dafür, dass du hier in deinem ergonomischen Arbeitsstuhl deinen Gedanken nachhängen kannst und die Hälfte deines Lebens der Musik widmen kannst.«

»Und die andere Hälfte?«, fragt Gustav.

»Euch Nervensägen«, sagt Erik. Erik kann Wörter wie *Nervensäge* wie eine Liebeserklärung klingen lassen.

Nach so einem Feind-Bio-Steak-Gespräch sagt Erik meistens nicht mehr viel. Aber Gustav merkt, dass ihn Iris' Kommentar über die Musik und den ergonomischen Arbeitsstuhl traurig macht.

Im Moment steht Iris im Flur und redet auf ihr iPad ein: »Das weiß ich doch. Aber wenn ihr das Ding bis zur Deadline nicht durchgewunken habt, steigen die in Paris mir aufs Dach.«

Iris schiebt sich beim Sprechen einen Müsliriegel in den Mundwinkel. Essen, arbeiten, schlafen und mit ihren Freundinnen quatschen – all das kann Iris ohne Probleme gleichzeitig machen.

»Eure Mutter ist mehr als Multitasking, sie ist Omnitasking«, hat Erik früher oft gescherzt.

»Quatsch!«, hat Iris dann protestiert, »das ist ganz normal. Euer Vater ist nur völlig aus der Zeit. Ein einsamer Analoger im digitalen Zeitalter.«

Dann haben die beiden sich angeguckt und geküsst, und Ramona und Sara haben zum tausendsten Mal erklärt, dass sie diesen Scheiß doch im Schlafzimmer machen sollen.

In letzter Zeit aber haben Erik und Iris sich kaum mehr geküsst, und Gustav fände es eigentlich ganz schön, wenn sie sich mal wieder als Omni und Analog beschimpfen und küssen würden. Zumal es ihr auch nicht so vorkommt, als würden sie das in ihrem Schlafzimmer tun, also das Küssen. Wie auch, Iris kommt in letzter Zeit abends so spät nach Hause, dass sie meistens auf dem Sofa im Wohnzimmer einschläft und dort bis morgens bleibt. Jetzt, wo Gustav darüber nachdenkt, fällt ihr auf, dass das jetzt schon ziemlich lange so geht. So lang, dass Gustavs Erinnerungen an Omni und Analog farblos und leise geworden sind.

Als Iris Gustav sieht, macht sie ihr mit den Augenbrauen ein Zeichen. Es bedeutet: *Was machst du da? Ist alles in Ordnung? Hast du deine Hausaufgaben gemacht? Und was immer die Antwort ist, sprich mich jetzt bloß nicht an. Das hier ist ein Meeting!*

Iris hat die Angewohnheit, immer sehr viele, einander widersprechende Dinge gleichzeitig von sich zu geben. Gustav versucht, alle die Fragen mit einer minimalen Bewegung ihres linken Mundwinkels zu beantworten. Aber Iris hat sich schon wieder ihrem iPad zugewandt:

»Kannst du denen nicht verklickern, dass wir das bis spätesten nächsten Montag durchbekommen müssen? Ich gehe noch mal die To-do-Liste durch.«

Gustav hat jetzt ihre Zimmertür erreicht. Rasch schließt sie die Tür hinter sich und lässt sich auf ihr Bett sinken. Mit zitternden Händen tastet sie über ihren Brustkorb. Busen. Sie bekommt ganz einfach Busen.

2

Am Abend besteht Iris darauf, dass alle zusammen essen. Gustav wundert sich, Iris ist eigentlich keine von diesen Müttern, die Wert darauf legen, dass zusammen gegessen wird. Im Gegenteil, Iris liebt es, abends mit einem hastig geschmierten Butterbrot auf dem Sofa zu sitzen und auf ihr iPad zu starren. Es gibt ja Erik, der sich letztes Jahr zu Weihnachten einen Handstaubsauger gekauft hat. Und obwohl Iris findet, dass ein Handstaubsauger furchtbar spießig ist, scheint es sie nicht zu stören, wenn Erik damit ihre Spuren beseitigt. Iris krümelt abends also leidenschaftlich gerne auf dem Sofa herum, und auf die Frage, ob es etwas zum Abendessen gibt, antwortet sie mit einem Blick, der darauf hindeutet, dass jeder, der ein richtiges Abendessen möchte, nicht mehr alle Tassen im Schrank hat. Manchmal spart sie selbst diesen Blick und deutet stumm auf die Küchenzeile oder auf Erik, der dann umgehend Pfannkuchen macht. Erik ist ein phantastischer Koch. Der beste Koch, den Gustav sich vorstellen kann. Etwas, das man von Iris nicht behaupten kann. Iris' Pfannkuchen werden selbst von Sand verschmäht. Und es ist bekannt, dass Hunde Allesfresser sind.

Für das regelmäßige Essen ist in Gustavs Familie also Erik zuständig. Nicht so heute.

Heute gibt es von Iris persönlich aufgewärmte Tiefkühlerbsen mit Kohlrabi.

Na danke, Iris, denkt Gustav und versucht, Sara zu ignorieren, die die Erbsen einzeln auf ihre Gabel aufspießt und vor sich hin prustet.

»Erinnert mich an irgendwas«, kichert sie.

Ramona stimmt in ihr Lachen ein.

Gustav spürt, wie ihr Röte ins Gesicht steigt. Iris guckt fragend von einem zum anderen.

»Kann ich mitlachen?«, fragt sie.

Erik starrt auf seinen Teller.

Als alle außer Erik aufgegessen haben, setzt Iris ein wichtiges Gesicht auf.

»Bitte bleibt noch einen Moment sitzen.«

In der Küche macht sich eine beklemmende Stimmung breit wie ein Tiefdruckgebiet. Erik starrt auf seinen Teller. Ramona und Sara winden sich unter der Stille. Stille ist etwas, das sie einfach nicht ertragen können. Wenn sie nicht am Musiktropf hängen, wird ihr Leben von einem Dauergemaule untermalt, einem beständigen

Jammern und Meckern, nur unterbrochen von blitzartigen Kommentaren über diesen oder jenen Jungen, die entweder begeistert oder ganz und gar vernichtend sind. Das hängt, soweit Gustav das beurteilen kann, weniger von dem betreffenden Jungen ab als vom Wetter oder ihren *Tagen*, die Ramona und Sara als Erklärung für alles dienen.

»Gibt's noch was, oder warum können wir nicht aufstehen?«, fragt Sara.

»Ja! Es gibt etwas! Erik und ich wollen euch etwas sagen.«

Iris stößt Erik an, der jetzt hochguckt und so aussieht, als ob er gleich zu weinen anfängt. Offensichtlich erwartet Iris von ihm Unterstützung, aber es kommt keine. Erik bleibt stumm. Sara taxiert Iris von oben bis unten.

»Mann, ihr seid ekelig, ein Baby oder was? Dafür seid ihr doch viel zu alt.« Sara verzieht angewidert das Gesicht.

Iris übergeht diesen Kommentar und wartet einen Moment. Dann tippt sie erneut Erik an, so als gäbe es eine Absprache, dass nun er derjenige ist, der sich zu äußern hat. Doch Erik sagt weiterhin gar nichts. Iris seufzt. Sie strafft ihre Schultern.

»Erik und ich, wir brauchen Abstand«, sagt sie.

»Häh?«

»Wie?«

Selbst bei Ramona kommt nun ein gewisses Interesse auf.

»Erik und ich müssen mal ein bisschen Raum zwischen uns bringen. Wir funktionieren als Paar nicht mehr so gut.« Iris versetzt Erik einen gezielten Hieb in die Seite, woraufhin Erik – als hätte der Hieb es aus ihm herausbefördert – ausspuckt: »So ist es.«

»Ihr trennt euch?«

»Dürft ihr das?«

»Dürfen wir was?«

»Einfach so ohne unsere Zustimmung auseinanderziehen, solange wir minderjährig sind.«

Gustav sagt gar nichts.

»Mal ganz langsam. Niemand hat hier von Trennung oder Ausziehen gesprochen. Erst mal brauchen wir einfach ein bisschen Zeit ohneeinander.« Iris sagt das so, als ginge es um die Entscheidung, wann sie heute Abend zum Minigolf aufbrechen. »Unser Dänemark-Urlaub fällt dieses Jahr deswegen leider aus. Logisch, da wären wir ja alle zusammen auf engstem Raum, und das ist genau das, was Erik und ich gerade nicht gut ertragen können.«

Der Dänemark-Urlaub! Das ist so, als würde Iris verkünden, dass Weihnachten ausfällt. Gustav kann sich an kein einziges Jahr erinnern, in dem sie nicht nach Dänemark gefahren sind. Der Campingplatz direkt am Meer, der Geruch der Strandrosen, einschlafen zum Gesang des Meeres, die scharfen Lakritze, von denen Sara, Ramona und Gustav nicht genug bekommen können, Scrabble am Abend vor dem Camper, Iris und Erik, die nach einem Bier kichernd Geschichten von früher erzählen. Dänemark und Sommer, das gehört schon immer zusammen ... Das eine ist ohne das andere für Gustav einfach nicht denkbar.

Gustav schaut von Iris zu Erik und wieder von Erik zu Iris. Nicht ausgeschlossen, dass sie Witze machen. Als Omni und Analog haben sie oft Witze gemacht, über die nur sie selbst sich amüsiert haben. Darin haben Eltern ja eine gewisse Begabung. In Witzen, die nur sie witzig finden. Aber heute gibt es zwischen Iris und Erik keinen Witz. Keinen Austausch von Blicken, aus dem ein leises Glucksen entspringt. Keine Pointe. Nichts. Zwischen Iris und Erik gibt es gar nichts. Nur Unzufriedenheit, die wie ein unsichtbarer Eisklotz zwischen ihnen am Tisch sitzt.

Ramona ist die Erste, die sich wieder zu Wort meldet.

»War eh ein bisschen peinlich, dass wir die Einzigen sind, deren Eltern nicht getrennt sind.«

»Bekommen wir denn dann irgendwas als Entschädigung?«, fragt Sara.

Iris guckt verständnislos.

»Na, Ferientaschengeld oder so. Ihr spart doch dann voll viel Geld, wenn ihr keinen Urlaub für uns bezahlt.«

»Spinnt ihr eigentlich? Ich weiß nicht, wie ihr euch das vorstellt. Den Camper konnten wir nicht stornieren. Das ist blöd, aber so ist es eben. Denkt jetzt nicht, dass wir wegen dem abgesagten Urlaub im Geld schwimmen. Wie ihr wisst, hat euer Vater im letzten Jahr kaum etwas verdient.«

»Im letzten *halben* Jahr«, sagt Erik und fängt sich einen fragenden Blick von Iris ein. »Im letzten halben Jahr habe ich nicht so gut verdient.«

Iris winkt ab. Wie dem auch sei.

Als Gustav an Iris vorbei aus der Küche geht, zieht die sie an sich und drückt Gustavs Kopf an ihren weichen Bauch. Das tut Iris sonst nie. Gustav weiß nicht, was sie machen soll, und deswegen bleibt sie einfach stehen. So ähnlich, wie man am Flughafen in der Sicherheitskontrolle stehen bleibt. Möglichst unauffällig, aber aufmerksam.

Iris fährt mit der Hand durch Gustavs kurzes Haar. Gustav merkt, dass Iris' Hand zittert und ganz nassgeschwitzt ist. Iris redet, während sie Gustavs linkes

Ohr an ihren Bauch drückt und mit der anderen Hand Gustavs rechtes Ohr zudrückt. Leider hört Gustav nur die Hälfte von dem, was sie sagt. Es hat etwas zu tun mit traurig sein und sprechen und Familie bleiben.

Gustav überlegt noch, ob sie Iris darauf hinweisen soll, dass sie nichts verstehen kann, wenn Iris ihre beiden Ohren zudrückt. Aber sie hat das Gefühl, dass es nicht so sehr darum geht, was Iris sagt. Mehr um Iris' Stimme, die vertraut klingt und nah, aber auch nicht zu nah. Ein bisschen so, als würde man an einem Sommertag ganz oben unter dem Dach liegen und dem Regen lauschen.

Iris nimmt jetzt die Hand von Gustavs Ohr und dreht Gustav so hin, dass sie ihr direkt in die Augen schaut.

»Versprichst du mir das?«

Gustav hat keine Ahnung, was sie versprechen soll. Sicher irgendwas mit traurig, sprechen und Familie bleiben. Gustav nickt. Iris umarmt Gustav noch einmal fest. Dann drückt sie ihr einen nassen, knallenden Kuss direkt neben das Ohr und schiebt sie aus der Tür.

»Glaubst du, die meinen das ernst?«

Im Vorbeigehen hört Gustav Saras Stimme aus Ramonas Zimmer. Gustav bleibt kurz vor der Zimmertür stehen.

»Quatsch. Das ist die Midlife-Crisis. Ganz normal

in dem Alter. Ist so ’ne Art vorübergehende Krankheit für die Köpfe von Eltern. Nicht mehr als ein geistiger Schnupfen. Geht vorbei.«

Ramona ist Expertin für alles. Midlife-Crisis also. Iris und Erik krank. Vielleicht erklärt das ihre ständigen Streitereien. Ein bisschen beruhigt geht Gustav in ihr Zimmer. Iris und Erik haben ihr zu Weihnachten einen iPod geschenkt. Gustav wollte unbedingt ein iPhone haben – so wie die meisten Mädchen in ihrer Klasse, aber Erik fand das zu früh. Erik und Iris haben sich dann auf einen iPod geeinigt, mit dem Gustav von zu Hause aus immerhin Nachrichten verschicken und ins Internet gehen kann.

Das macht sie jetzt auch. Sie geht ins Internet und gibt »Midlife-Crisis« in die Suchmaschine ein. Das Internet spuckt bereitwillig eine Antwort aus.

> Midlife-Crisis (engl. für »Lebensmittekrise«) nennt man einen psychischen Zustand von Unsicherheit. Er tritt in der Regel zwischen 40 und 50 Jahren auf. Die Betroffenen berichten von innerer Unruhe, Unzufriedenheit und Stimmungsschwankungen.

»Pubertät für Eltern«, seufzt Gustav. Auch das noch. Als ob Sara und Ramona nicht schon genug *Unruhe,*

Unzufriedenheit und Stimmungsschwankungen in diese Wohnung bringen. Nun auch noch Erik und Iris. Es ist nicht so, dass Gustav dachte, dass bei Iris und Erik alles gut ist. Seit Wochen schon hört sie Iris und Erik abends streiten. Seitdem Maren, Iris' beste Freundin, die auf Mallorca lebt, sehr krank gewesen ist, redet Iris nämlich ständig davon, dass man das Leben richtig *leben* muss. Und davon, dass man das mit Erik einfach nicht kann.

»Erik, du bist so festgefahren und starr«, hat sie erst gestern Abend gerufen. »Ich will wieder mehr tanzen.«

Und als Erik geantwortet hat: »Das können wir doch mal machen, tanzen gehen. Von mir aus gerne!«, hat Iris gerufen: »Im übertragenen Sinn! Tanzen im übertragenen Sinn! Du bist so unbeweglich! Ich komme mir vor, als lebte ich mit einem Stein zusammen!«

Gustav hat sich angestrengt, zu hören, was Erik daraufhin geantwortet hat. Aber es war keine Antwort zu hören. Nur Iris, die die Zimmertür vom Schlafzimmer aufriss und die der Küche zuknallte.

Sand, die neben Gustavs Bett auf dem Boden liegt und schnarcht, pupst laut. Sand ist das älteste und weiseste Mitglied der Familie. Sie geht Gustav bis zum Knie, und ihr Fell hat, wie soll es anders sein, die Farbe von Sand. Niemand weiß, ob Sand ein echter tibetischer Hütehund oder vielleicht doch eine Mischung aus ebendiesem und einem polnischen Straßenhund ist. Aber das ist auch egal. Denn Sand ist sowieso anders als alle anderen Hunde. Sand ist eben Sand. Sand ist fast sechzehn Jahre alt. Umgerechnet in Hundejahre ist sie also schon über hundert. Sand versteht Gustav auch im Tiefschlaf bestens. Das macht ihre Unterhaltung um einiges einfacher, jetzt, wo sie so alt ist, dass sie die meiste Zeit des Tages verschläft. Gustav drückt die Nase in Sands Fell, um dem süßlichen Hundepups zumindest in Teilen zu entkommen. Stattdessen riecht sie jetzt den Geruch von warmem Hundefell.

Dieser Geruch begleitet Gustav schon, solange sie denken kann, deswegen saugt sie ihn zur Beruhigung richtig tief ein. Iris und Erik reden manchmal darüber, dass Sand jetzt so alt ist, dass sie bald sterben wird. Sand war schon da, bevor Gustav da war. Schon als Gustav noch ganz klein war, hat Sand ihre weiche Zunge in Gustavs Gesicht gestreckt und ihr damit gesagt: Hab keine Angst, ich passe auf dich auf. Solange Gustav sich erinnern kann, ist er da gewesen, dieser Geruch nach Hundefell, Sands warmer Atem. Für Gustav ist dieser Geruch Zuhause. Gustav kann sich kein Leben ohne Sand vorstellen, und deswegen ist Sand in ihrer Vorstellung unsterblich. Egal, was die anderen sagen.

Ob Sand versteht, was es heißt, wenn Erik und Iris Abstand brauchen?

Ob Sand versteht, was es heißt, einen Busen zu bekommen?

»Weißt du, Sand«, sagt Gustav, »der Busen ist ja erst der Anfang.«

Sands Beine bewegen sich zuckend im Schlaf, und manchmal macht sie ein Geräusch wie die ungeölte Tür eines alten Zuges.

Die Pubertät, denkt Gustav, wird über sie kommen, und sie wird nichts dagegen tun können. Es bleiben ihr ein paar letzte Tage oder Wochen der Klarheit. Ein paar letzte Wochen, bevor der Geruch von Nagellack und der Gedanke an Jungs ihr den Kopf vernebeln werden. Aber eine Sache weiß Gustav ganz genau. Sie wird sich nicht verlieben. Mit diesem Vorsatz schläft sie ein.

3

Mittwochmorgens ist Gustav mit Erik alleine. Ramona und Sara haben zur ersten Stunde, und Iris ist um diese Zeit schon lange beim Feind. Doch heute ist Erik nirgends zu sehen. Die Schlafzimmertür ist noch zu, und Gustav ist darüber ganz erleichtert. So erleichtert, dass sie extra leise durch den Flur schleicht, um Erik ja nicht zu wecken. Bestimmt ist es für Väter mit Midlife-Crisis alles andere als gut, zu früh geweckt zu werden. Erik sagt immer, wenn man krank ist, braucht man zwei Sachen: viel Liebe und viel Schlaf. Und wer weiß, vielleicht überlegt sich Iris das mit dem Abstand auch noch mal, wenn Erik ein wenig wacher, ein bisschen weniger Anti-Erik ist. Im Gegensatz zu Erik, der unerschütterlich an seinen einmal gefassten Meinungen festhält, ändert Iris ihre Meinung täglich.

Kakao machen, Müsli machen, Zähne putzen. Gustav hangelt sich von einer Aufgabe zur nächsten. Die Erbsen machen ihr schlechte Laune. Das Gefühl, das sie bei dem Gedanken an Dänemark überkommt, ist so umfassend dunkel, dass sie Angst hat, schon am frühen Morgen davon verschluckt zu werden. Sechs Wochen Sommerferien und keine Aussicht auf Meer und Strand. Gustav dreht den Wasserhahn auf und spritzt sich das eiskalte Wasser ins Gesicht. Doch die Gedanken an gestern Abend lassen sich nicht einfach abwaschen.

Im Flur hört sie Sand bellen.

»Pssst, du weckst Erik.«

Sand steht schon seit bestimmt einer halben Stunde vor Eriks geschlossener Zimmertür und knurrt leise. Jetzt hat sie angefangen, laut zu bellen. Sand ist im letzten Jahr ein bisschen seltsam geworden. Anders, sagt Gustav. Steinalt und verwirrt, sagen Iris und Erik. Dement, sagt die Tierärztin. Immer häufiger kommt es vor, dass Sand stundenlang eine Wand oder eine Tür anstarrt. Manchmal bellt sie, manchmal knurrt sie, und manchmal steht sie einfach nur da. Nicht selten so lange, bis ihre Beine wegknicken und sie hinfällt. Mit Sand ist es so ähnlich wie mit dem Anti-Erik, denkt Gustav, Sand ist zwar hier in der Wohnung, aber in Gedanken ist sie woanders. Und sie kann sehr böse werden, wenn man sie an diesem anderen Ort stört. Jetzt zum Beispiel. Als Gustav ihr zur Beruhigung einen Hundekuchen hinhält, bellt sie wütend und schnappt nach ihr. Erst danach erkennt sie, dass es Gustavs Hand ist. Und dass diese Hand ihr etwas reicht, das sie liebt. Jetzt wedelt sie mit dem Schwanz und versucht, mit der Zunge den Hundekuchen zu erwischen. Geschafft. Das Ding verschwindet in ihrer nassen Schnauze. Sand schmatzt zufrieden.

Das Erste, was Gustav sieht, als sie das Klassenzimmer betritt, ist Aninas Po. Anina ist Gustavs beste Freundin, und wenn Gustav jemals jemanden heiraten sollte, dann sie. Niemandem sonst könnte sie dieses blöde Versprechen von ewiger Liebe geben. Außer Sand natürlich, aber einen Hund kann man nun mal nicht heiraten. Anina ist witzig und unglaublich klug. Neben Sand ist sie die beste Hüterin von Geheimnissen. Absolut vertrauensvoll. Und sie kann rülpsen. Die perfekten Rülpser. Anina hat es sogar zu einem gewissen Grad an Berühmtheit gebracht, weil sie im Internet einen Rülps-Clip mit ziemlich vielen Aufrufen hat.

Seit ein paar Wochen, seit sich herausgestellt hat, dass James (James, wer heißt schon James!) aus der Parallelklasse auf Anina *steht*, wird Anina von Paula umgarnt. Paula, die Kupplerin. Wenn Paula ihre langen Haare öffnet, kreischen die anderen Mädchen, und Jungs fallen reihenweise in Ohnmacht. Gustav kann ihr Vanille-Deo schon aus meterweiter Entfernung riechen. Paula hingegen behauptet von sich, dass sie die Liebe riechen kann. Und das zwischen Anina und James, das könnte ganz toll werden. Seitdem also tanzt Paula um Anina wie eine Motte ums Licht. Und Gustav ist davon alles andere als begeistert. Und als ob dieses ganze James-Gequatsche und der klebrige Duft von Paulas Deo nicht schon genug wären, ist es jetzt auch noch so, dass Anina und Paula in den Ferien auf den gleichen Campingplatz fahren. Von Millionen von Campingplätzen dieser Welt haben ihre Eltern vollkommen unabhängig voneinander ausgerechnet den ausgesucht, der am südlichsten Ende der größten Wanderdüne Europas liegt, an der Dune du Pilat in Frankreich. Das muss man sich mal vorstellen.

»Das musst du dir mal vorstellen!«, hat Anina gestöhnt, als sich herausstellte, dass sie ihre Ferien unfreiwillig mit Paula verbringen würde. »Stell dir die ganzen Jungs vor, die sie da aufreißen wird. Das halte ich nicht aus.«

Aber ihr Gesicht hat dabei geleuchtet. Überhaupt gibt es so ein bestimmtes nervöses Leuchten bei Anina, das Gustav neu ist. Dieses Leuchten tritt immer dann auf, wenn es um Jungs geht. Und ganz besonders, wenn es um James geht! Früher gab es ein ähnliches Leuchten bei Anina, wenn sie zusammen Rülps-Videos gedreht oder vor Lachen in die Hose gemacht haben. Das gibt es heute kaum noch. Gustav hat das Gefühl, dass ihr gemeinsames Leuchten weniger wird, je mehr Anina wegen Jungs leuchtet.

An diesem Morgen steht Anina über Paula gebeugt am Tisch und strahlt Paulas Gesicht mit dem Licht ihres iPhones an. Als Gustav ihren Rucksack geräuschvoll neben den beiden auf den Boden wirft, lässt Anina das iPhone sinken. Gustavs strafendem Blick weicht sie aus.

»Ich habe einen Pickel. Ich bin so etwas von in der Pubertät.« Paula sagt das, als wäre es eine Auszeichnung. Sie schiebt Gustav eine Packung Kekse rüber.

»Ich darf die gar nicht essen. Frankreich. Bikinibridge und so.«

Gustav greift nach der Kekspackung und schiebt sie zu Anina rüber. Die schüttelt den Kopf.

»Bikinibridge, oder was?«, fragt Gustav.

Anina wird rot. Gustav nimmt drei Kekse und stopft sie sich alle auf einmal in die Backe, kaut mit offenem Mund. Paula lächelt Gustav angewidert an.

»Ich beneide dich echt. Ich muss immer drauf achten, was ich esse«, sagt Paula.

Gustav muss sich bemühen, Paula den trockenen Brei nicht vor die Füße zu spucken.

»Meine Eltern machen eine Auszeit voneinander.« Sie wundert sich selbst darüber, wie lässig sie diese Neuigkeit jetzt verkündet. So ganz nebenbei. Als wäre es eine

Kleinigkeit. Dabei könnte sie jetzt genauso gut anfangen zu weinen, aber sie tut es nicht, denn vor Paula zu weinen ist das Letzte, was sie tun würde.

»Erik und Iris trennen sich?« Anina ist ehrlich entsetzt.

Gustav nickt, lässt den Keksbrei langsam die Kehle hinunterlaufen, nimmt drei neue Kekse, schiebt sie sich in den Mund.

»Nur vorübergehend.«

Anina legt mitfühlend ihre Hand auf Gustavs Bein.

»Kenn ich.« Paula setzt ein wissendes Lächeln auf.

Paula ist so ein fieser Staubsauger. Sie atmet jede noch so kleinste Information ein, und beim Ausatmen stößt sie in Windeseile fabrizierte und im Brustton der Überzeugung vorgetragene Gemeinheiten heraus. Außerdem schafft sie es, jede Situation zu ihrer zu machen. Gustav könnte jetzt auch sagen: *Ich habe gestern einen Dinosaurier geheiratet!*, und Paula würde, ohne zu zögern, verkünden: *Kenne ich! Habe ich neulich auch gemacht.*

»War bei uns auch so.«

Na also.

»Mein Vater hat dann gleich ’ne neue Frau kennengelernt. Neue Ehe. Neues Baby. Ging ruckzuck. Weg war er.«

Gustav wird übel.

»Ist bei uns was anderes, Erik und Iris sind in der Midlife-Crisis.«

Anina guckt fragend.

»Pubertät für Erwachsene.«

Anina versteht immer noch nicht.

»Kleine Erkältung vom Kopf oder so ähnlich …«

Zum Glück kommt in diesem Moment Frau Glinka, genannt Glinki, ins Klassenzimmer.

»Guten Morgen!«

Alle, auch Paula, huschen zu ihren Plätzen. Glinki ist eine echte Dame. Vornehm und höflich und steinalt. Wenn man sie ärgert, leuchtet ihr ganzes Gesicht. Glinki-Blinki. Heute ist Glinki nicht alleine. Sie hat jemanden dabei, der jetzt neben ihr steht und auf der Unterlippe kaut. Dieser Jemand ist sehr dünn und klein, seine Haare gehen fast bis zu den Schultern. Er trägt Glitzerleggings, Stoffturnschuhe und ein T-Shirt mit bunten Sternen drauf. Der Jemand tritt unruhig von einem Fuß auf den anderen, während seine eisblauen Augen durch das Klassenzimmer wandern.

»Was ist das denn bitte«, zischt Anina Gustav ins Ohr.

Glinki wartet, bis es ganz leise in der Klasse ist.

»Ich habe euch heute jemanden mitgebracht. Moon wird ab nächstem Schuljahr in eure Klasse gehen.«

Ein leises Raunen geht durch die Klasse.

»Der oder *die* Moon?«, brüllt Charlie aus der letzten Reihe. Er erntet einen strafenden Blick von Glinki.

»Moon. Ich bin ein Junge, und ich heiße Moon. So wie der Mond.« Seine Stimme ist kratzig, aber auf eine gute Art.

»Moon wird heute bei uns hospitieren, um euch schon mal kennenzulernen.« Dann wendet sie sich an Moon. »Willst du erzählen, warum du die Schule wechselst?«

Moon zuckt mit den Schultern und starrt auf den Boden.

»Einfach so.«

Dann sagt er nichts mehr.

Glinki schiebt ihn sanft in Richtung der Klasse und deutet auf den leeren Platz in der vordersten Reihe.

»Und jetzt holt bitte eure Deutsch-Arbeitshefte raus.«

Unter allgemeinem Stöhnen ziehen alle ihre Bücher hervor. Während die Parallelklassen am letzten Tag vor den Ferien gemeinsam frühstücken, besteht Glinki darauf, bis zur Ausgabe der Zeugnisse in der dritten Stunde Unterricht zu machen. Der Neue hat angefangen, mit einem Bleistift in einem kleinen Block herumzukritzeln.

Während Glinki die Hausaufgaben durchgeht, flüstert Anina Gustav von der Seite zu, dass sie Paula eigentlich doof findet. Dass sie jetzt eben mit ihr diese Ferien verbringen und sich deshalb mit ihr gutstellen muss. Dass sie sonst selbstverständlich nicht die ganze Zeit mit ihr quatschen würde. Dass die Sache mit James ja sowieso lächerlich ist.

Gustav lässt Anina ein bisschen zappeln, weil sie wütend auf sie ist. Anina lässt man am besten zappeln, indem man ihr zuhört, ohne die Miene zu verziehen und ohne ein Wort zu sagen. Dann wird sie richtig nervös.

Der Neue, denkt Gustav, ist wirklich ein Fall für sich. Welcher Junge trägt schon Glitzerleggings, Sternchen-T-Shirt und dann auch noch lange Haare. Da muss er sich bestimmt einiges anhören. Das kennt Gustav auch: »Magst du keine Kleider?« oder »So eine Bluse würde dir toll stehen.« Nur, weil Gustav es schön findet, kurze Haare zu haben. Sie hat sie gerade erst von kinnlang nach ganz kurz abschneiden lassen. Und weil sie lieber Shorts trägt als Kleider, und T-Shirts besser findet als Blusen, in denen man aussieht wie ein Geschenk. Und dabei ist es als Mädchen ja noch weniger schlimm, jungsmäßig auszusehen als andersherum. Als Junge muss man schön ganz schon verrückt sein, um sich dem ganzen Mädchenkram-Gequatsche auszusetzen, denkt Gustav, als sie jetzt zu ihm herübersieht. Und dann der Name: Moon! Jetzt hat er Gustavs Blick bemerkt und guckt zurück. Schnell guckt Gustav weg.

Kaum hat Glinki in der dritten Stunde die Zeugnisse ausgeteilt, rollt die Ferien-Vorfreude wie eine Welle von der hintersten bis in die vorderste Reihe. Ein immer lauter werdendes Brummen. Aninas Zeugnis ist mal wieder Spitzenklasse. Gustav befindet sich im guten Mittelfeld. Gustav stopft ihr Zeugnis in den Rucksack.

Glinkis Haare stehen ein bisschen in alle Richtungen, ihre Wangen sind gerötet. Bestimmt denkt sie an Lesen, Ausschlafen und Vanilleeis.

»Schöne Ferien, ihr Lieben!«, sagt sie. Dann klingelt es endlich.

Sofort fliegt die Klassentür auf. Die Jungs aus der Parallelklasse stehen davor. James ist natürlich auch dabei. Ein bisschen unschlüssig bleiben sie in der Tür stehen, bis Paula sie zu sich winkt. Küsschen hier. Küsschen da. James sieht heute noch blöder aus als sonst, und das will schon etwas heißen. Er krallt sich an seinem Skateboard fest und guckt immer wieder rüber zu Anina. Anina läuft hochrot an und fängt an, ihre Schulsachen einzupacken und schnell und unzusammenhängend mit Gustav zu reden. Alles nur, damit James nicht merkt, dass sie merkt, dass er sie anschaut. Und wahrscheinlich denkt Anina auch noch, dass Gustav von all dem nichts mitbekommt.

»Anni, komm mal rüber!«

Aninas Kopf fährt herum.

Anni?, fragt Gustav sich empört. Hab ich da etwas verpasst?

Anina läuft betont langsam rüber zu Paula, wobei sie ihren Po nach hinten rausstreckt und überhaupt gar nicht zu James guckt. Was natürlich Taktik ist, denn das Ziel des Ganzen ist ja, dass James zu ihr guckt, denkt Gustav.

Paula legt den Arm um Anina. Jetzt erzählt sie von dem gemeinsamen Urlaub (»voll der Zufall!«), der Campinganlage (»mit Megapool«) und der Wanderdüne (»voll krass«).

Anina lacht so, wie sie sonst nie lacht, hoch und spitz, und fährt sich mit den Fingern immer wieder durch die Haare, während James sie dümmlich durch seine Brille anstarrt und, soweit Gustav das von ihrem Platz aus beurteilen kann, keinen einzigen vernünftigen Satz herausbringt.

Gustav kann gar nicht hingucken. Sie wollte Anina doch noch von den Erbsen erzählen. Ob Anina auch schon Busen bekommt? Als sie neulich nach dem Schwimmen zusammen in der Umkleidekabine standen, war jedenfalls nichts zu sehen. Gustav steht auf, schnappt ihren und Aninas Rucksack. Gustav zieht Anina am Arm. Los, los, los. Anina lässt sich so schwer von Paula und den Jungs lösen wie ein altes Kaugummi vom Asphalt, aber Gustav schafft es. Auf der Treppe nach unten nimmt Anina Gustavs Hand.

»James ist doch eigentlich ganz cool, findest du nicht?«

Gustav lässt Aninas Hand los und nimmt zwei Stufen auf einmal.

»Sag doch mal, Gustav, er sah doch heute echt süß aus in dem roten Shirt.«

»Weiß nicht.«

»Ach, komm. Sag doch mal.«

Gustav hat keine Lust zu sagen, dass James toll aussieht. James, diese kleine bebrillte Schildkröte! James, der sich genau wie alle anderen Jungs von Paulas Haaren hypnotisieren lässt. James, der keine Ahnung von Anina hat, der nichts davon weiß, dass sie die besten Gruselgeschichten erzählen kann und manchmal vor Lachen in die Hose pinkelt. Er hat keine Ahnung davon, dass sie tagelang beleidigt sein kann, und dass sie, wenn ihr ein Gummibärchen auf den Boden fällt, ein zweites dazuwirft, damit das eine nicht alleine ist, und dass sie manchmal weint am späten Nachmittag, einfach so. James, der wahrscheinlich nur deswegen mit seinem Blick an ihr klebt, weil sie schulterfreie Tops trägt, weil ihre Haare im Licht exakt die Farbe von Kastanien haben und ihr Mund ein bisschen schief steht, wenn sie lacht. Ganz sicher findet Gustav diesen James nicht cool und süß.

Gustav hat mit einem Mal das große Bedürfnis, Aninas blöde gute Laune kaputt zu machen.

»Mir wird schlecht, wenn ich euch beim Balzen zugucken muss.«

Es klappt. Anina läuft rot an. Ihre gute Laune ist weg.

Sofort bereut Gustav, was sie gesagt hat. Anina sagt jetzt kein Wort mehr. Das ist eine typische Anina-Strafe. Schweigen und auf den Boden starren. Manchmal findet Gustav das blöd, aber jetzt gerade ärgert sie sich über sich selbst und ist eigentlich ganz froh, dass Anina nicht mehr mit ihr spricht. Sonst müsste sie sich entschuldigen, und sie weiß nicht, wie.

Vor der Schule wartet Karin schon auf Anina. Sie drückt erst Anina und dann Gustav einen Kuss auf den Mund. Aninas Mütter, Julia und Karin, sind das Gegenteil von Midlife-Crisis. Sie streiten so gut wie nie. Außerdem fällt ihnen ständig etwas Neues ein, was man gemeinsam machen könnte. Als Familie. Gerade neulich haben sie einen Schrebergarten gekauft, in dem sie Obst und Gemüse und Blumen anpflanzen.

»Gustav! Sollen wir dich noch ein Stück mitnehmen?«

Gustav schüttelt den Kopf. Eigentlich würde sie schon gerne mitfahren, aber dann würde Karin merken, dass irgendwas nicht stimmt, und dann würde sie nachfragen, und Gustav will auf keinen Fall, dass Karin weiß, dass Gustav schuld an Aninas schlechter Laune ist. Denn Karin liebt Gustav und denkt, dass Gustav ein guter Einfluss für Anina ist, der beste sogar.

»Freust du dich auf Dänemark, Gustav? Ich glaube, ihr habt klasse Wetter da. Herrlich stelle ich mir das vor, mit dem Camper durchs Land zu fahren. Ein richtiges Abenteuer!«

Karin hat eine tolle tiefe Stimme. Sie spricht schnell und laut, feuert die Sätze wie Raketen in die Luft. Und sie hat immer tausend Fragen. Meistens muss Gustav eine Weile warten, bis das Feuerwerk abgeflaut ist und sie überhaupt zum Antworten kommt, aber dann kann Karin auch gut zuhören und die richtigen Fragen stellen. Gustav würde ihr zu gerne erzählen, dass dieses Jahr alles anders ist. Dass Iris und Erik es nicht mehr aushalten miteinander, so schlimm, dass sie nicht nach Dänemark fahren wollen. Und das, wo ein Sommer ohne Dänemark doch gar kein echter Sommer ist. Doch es bleibt keine Zeit, Karin all das zu erzählen, weil Karin und Anina jetzt Julia vom Arbeiten abholen, und dann geht's ab in den Flieger. Zack, zack, und schon sind sie am Meer.

»Herrlich! Wie ich mich freue! Nächstes Mal nehmen wir dich einfach mit, Gustav«, sagt Karin.

Die beiden steigen in ein kleines silbernes Auto und

rollen vom Parkplatz. Bevor sie auf die Straße biegen, winkt Karin noch einmal und schreit:

»Viel Spaß in Dänemark, Süße!«

Anina guckt nicht. Winkt nicht. Sie schaut in die andere Richtung. Dann sind sie weg.

Die Sonne brennt auf Gustavs Scheitel. Von dort aus breitet die Wärme sich als ein Gefühl von Einsamkeit in Gustavs Körper aus, und es dauert eine ganze Weile, bis Gustav nicht mehr in die Richtung schaut, in der Anina und Karin verschwunden sind, und sich langsam in Bewegung setzt. Die anderen Schüler haben es eilig, sie laufen in großen, lauten Gruppen an Gustav vorbei, ohne auch nur Notiz von ihr zu nehmen. Im Bus erspäht Gustav Sara und Ramona auf der Rückbank und ist ausnahmsweise erleichtert, sie zu sehen. Wortlos rücken ihre Schwestern auseinander, so dass Gustav sich zwischen sie quetschen kann. Der Bus schiebt sich in Zeitlupe durch die überfüllten Straßen.

Die Hitze hier drinnen ist unerträglich. Ramona öffnet das Fenster, doch die Luft da draußen ist fast noch stickiger. Als sie an einer Ampel stehen bleiben, entdeckt Gustav Moon neben ihnen auf dem Bürgersteig. Er scheint es nicht eilig zu haben, nach Hause zu kommen. Schließlich ist er schon nach der zweiten Stunde von Glinki entlassen worden. Gerade als der Bus wieder anfährt, schaut er kurz hoch und direkt in Gustavs Gesicht. Dann hebt er leicht die Hand.

»Was war das denn für ein Zwerg in Glitzerleggings?«

Ramona entgeht wirklich nichts.

Sara presst die Stirn an die Scheibe, um auch noch einen Blick auf Moon zu werfen.

»Den kennst du?«

»Der ist neu bei mir in der Klasse.«

»Freak.«

Sara und Ramona sind träge und zufrieden durch das Licht und die Hitze, deshalb belassen sie es dabei. Gustav aber schaut durch die Rückscheibe, bis Moon ganz verschwunden ist.

Zu Hause liegt Sand im Wohnzimmer, genau auf der Stelle, wo die Sonne auf den Teppich knallt, und blinzelt müde durch ein Auge, als Gustav ins Zimmer kommt. Gustav legt sich zu ihr.

»Sand, du und ich gegen den Rest der Welt«, flüstert sie und drückt die Nase in die Kuhle hinter Sands linkem Ohr. Eine Stelle, die unfassbar weich und warm ist. Sand schnauft leise. Ein paar Minuten später steht sie auf und trottet langsam in den Flur.

4

Die ersten Ferientage gleichen einem ewig verlängerten Wochenende, für das keiner etwas geplant hat. Der Beginn der Schulferien hat die Stadt leergefegt. Die Wohnung liegt in der schweren Sommerhitze wie ein schlafendes Tier. Träge bewegen sich die Gardinen in den wenigen Luftstößen, die am Tag durch die offenen Fenster hineinwehen. Den Rest der Zeit bewegt sich kaum etwas. Nur Sand trottet von der Sonne in den Schatten und wieder in die Sonne.

Ramona und Sara haben den Balkon zum Urlaubsort erklärt und verlassen ihn nur, um Kaffee, Obst und Kekse aus der Küche zu holen. Auf der Arbeitsfläche in der Küche setzen sich die Essensreste der letzten Tage langsam zu einem Krümel-Mosaik zusammen. Süße Duftwolken steigen aus den Mülleimern, in denen sich die Reste der Melonen und Pfirsiche in ihre Einzelteile zersetzen.

Der Camper steht direkt vor dem Haus. Sein Anblick lässt Gustav den Geruch von Seetang und Sonnenmilch in die Nase steigen. Was sie jetzt wohl gerade machen würde, wenn da nicht diese Sache zwischen Iris und Erik wäre? Gustav kann das Rauschen der Wellen in der Brandung hören, das leise Knistern der Schaumkronen, die im Sand versickern. Sie streicht mit den nackten Zehen durch den Wohnzimmerteppich, so wie sie in den anderen Sommern durch den Nordseesand gestrichen ist. Auch in Dänemark ist es nicht immer lustig. Auch in Dänemark, besonders an den Tagen, an denen es regnet, kriecht die Langeweile Gustav manchmal durch die nassen Schuhsohlen bis in die Haarspitzen. Doch Langeweile in Dänemark ist immer nur ein vorübergehender Zustand. Kaum ist die Sonne wieder draußen, schüttelt Gustav sie ab wie die Wassertropfen aus dem Meer. Die Langeweile hier zu Hause ist klebrig und zäh. Sie lässt sich nicht einfach abschütteln.

Was für eine verschwendete Zeit, denkt Gustav. Wie schön wäre es, wenn Anina jetzt da wäre und sie Stunde über Stunde den perfekten Rülpser üben könnten. Wie schön wäre das. Gustav beschließt, Anina eine Nachricht zu schreiben. Wer weiß, vielleicht ist Anina gar nicht mehr sauer über den Satz mit dem Balzen. Vielleicht hat sie die Wut schon am Flughafen abgelegt. Zu schwer und wenig kleidsam für den Sommer. Also schreibt Gustav.

»Hey, wie läuft es an der wandernden Düne? Hat schon jemand bei Paula angebissen? Ist langweilig hier ohne dich.«

Sobald Gustav die Nachricht abgeschickt hat, überkommt sie Hoffnungslosigkeit. Wahrscheinlich liegen Paula und Anina gerade in der Brandung. Zwei glitzernde Meerjungfrauen, die abwechselnd im Meer, der französischen Sonne und den Blicken der Surfer baden. Und wenn sie schwimmen, dann schreiben sie mit ihren langen Fischschwänzen den Namen *James* ins Meer. Und erst wenn Anina am Abend das Meer abstreift und leise zu Karin und Julia ins Zelt krabbelt, wirft sie einen flüchtigen Blick auf ihr Telefon, und die Nachricht ihrer alten Freundin Gustav lässt sie einmal seufzen, bevor sie in Tiefschlaf fällt. So in etwa stellt Gustav sich das vor und nimmt sich selbst das Versprechen ab, nur alle zwei Stunden den iPod zu befragen, ob Anina schon zurückgeschrieben hat.

Anina braucht fünf Stunden, bevor sie ein Foto von sich in der Brandung schickt.

»Hey, alles super hier. Wanderdüne ist mega :)«

Über Paula verliert sie kein Wort. Und auch nicht darüber, dass sie Gustav vermisst.

Seit dem Gespräch in der Küche sind sowohl Iris als auch Erik verstummt. Zumindest was das Thema Midlife-Crisis angeht. Abseits von diesem Thema redet Iris wie ein Wasserfall, und Erik schweigt auch auf dringende Fragen. Gustav wird das Gefühl nicht los, dass beides Methoden sind, um nicht über den Nicht-Dänemark-Urlaub und überhaupt die ganze Abstand-Sache zu sprechen. Auf jeden Fall ist es, wenn man von Iris' Zimmer aus in Eriks Zimmer geht, etwa so, als würde man von der Wüste in die Arktis reisen. Sand und Gustav sind die einzigen Reisenden. Doch das Reisen ist anstrengend. Nicht umsonst liegen Arktis und Wüste auf dieser Erde viele Kilometer auseinander. Nicht umsonst hat man, wenn man diese Erde bereist, eine Menge Zeit, sich von einem Ort zum anderen zu bewegen. Doch hier in der Wohnung ist das anders. Hier muss Gustav sich in Minutenschnelle von Eriks kühlem Schweigen auf Iris' überhitztes Geplapper einstellen. Aber Gustav besitzt die Wandelbarkeit eines Chamäleons. Eine seit Jahren erprobte Fähigkeit. Iris und Erik selbst geht jede Anpassungsfähigkeit ab. Wenn Iris etwas sagt, tut Erik meistens so, als habe er nichts gehört. Andersherum sagt Iris manchmal zu Erik: »Wie bitte?« oder »Hast du etwas gesagt?«, obwohl Erik wirklich gar nichts gesagt hat.

Erik steht spät auf und verbringt die meiste Zeit an

seinem Schreibtisch, bevor er weit nach Mitternacht das Licht löscht. Iris hingegen ist früh im Bett und schon lange wach, wenn Gustav aufsteht. Sie ist damit beschäftigt, Schränke aufzuräumen. Sie macht das so, dass sie erst mal die größtmögliche Unordnung herstellt. Sie reißt alles raus, schmeißt es auf den Boden und türmt es zu Themenhaufen auf. »Erkundung der Landschaft« nennt sie das. Dann setzt sie sich auf den Balkon und trinkt erst mal einen Kaffee. Oder zwei. Wenn sie dort sitzt, fällt ihr meistens ein, dass Gustav auch noch da ist. Dann winkt sie sie zu sich. Manchmal löchert sie Gustav mit Fragen. Manchmal seufzt sie auch nur ein bisschen und streichelt Gustav ab und zu über das Haar. Irgendwann steht sie dann abrupt auf und geht in die Wohnung.

»Wohin gehst du?«, fragt Gustav.

»Aufräumen.«

»Kann ich dir helfen?«

Dann räumen Gustav und Iris alles wieder ein. Gustav reicht Iris die kleinen Haufen, und Iris überlegt immer einen kurzen Moment, bevor sie den Haufen feierlich einsortiert. Dann ist alles wie davor. Nur dass Iris jetzt glücklich und stolz über den Anblick des Schranks ist.

Erik und Iris schaffen es, selbst in der Küche aneinander vorbeizuleben. Gustavs Versuche, sich in die

Küche zu setzen, um dort Erik so lange in ein Gespräch zu verwickeln, bis Iris kommt – in der Hoffnung, dass daraus eine gemeinsame Unterhaltung wird –, schlagen fehl. Die beiden sind wie Fische, die Gustav aus der Hand glitschen. Es gelingt ihr weder den einen noch den anderen festzuhalten, von beiden gleichzeitig ganz zu schweigen.

Es gibt Momente, in denen Erik aus seiner Trägheit ausbricht und in der Küche ein Essen jenseits von Melone, Müsli und kalter Milch zubereitet. Nur ist das immer genau in der Zeit, in der Iris beim Sport ist. Gustav wird das Gefühl nicht los, dass das Nichtaufeinandertreffen von Iris und Erik keinesfalls zufällig, sondern, im Gegenteil, ein von Iris geschickt geplanter Abwesenheitswechsel ist, der nur dafür gemacht ist, damit keiner auf die Idee kommt, doch noch nach Dänemark fahren zu wollen.

Die Hitze macht Sand ruhelos. Sie steht häufiger als sonst irgendwo im Flur und bellt Türen oder die Wand an. So lange, bis Sara oder Ramona einen Kopf aus ihrem Zimmer stecken und »Sand, aufhören!« brüllen. Dann schreckt sie auf, und meistens gerät sie dadurch so ins Kippeln, dass sie auf dem Boden landet, wo sie einfach liegen bleibt. Draußen schafft sie bei der Hitze nur sehr kleine Runden. Deswegen geht Iris morgens, wenn es noch kühl ist, mir ihr raus. Mittags schiebt Gustav sie nur zum Pinkeln in den schattigen Hinterhof.

Später, wenn es kühler ist, kommt Sands große Stunde. Dann bringt Gustav sie zu ihrem Lieblingsort: der Wand am Ende der Straße. Das ist eine dieser Hauswände, an der das nächste Haus einfach fehlt. Eine Brandwand, wie Erik Gustav erklärt hat. Die Wand ist fast vollständig mit Graffiti bemalt. Sand wird auf dem Weg dorthin immer schon ein bisschen aufgeregt, dann zittern ihre Beine noch mehr als sonst. Wenn sie endlich da sind, drückt sie ihre Schnauze genau an die Stelle, wo die Wand auf den Boden trifft, und so wackelt sie – die Schnauze am Boden – die Hauswand entlang. Bleibt jeden halben Meter stehen. Schnüffelt. Der Höhepunkt dieses abendlichen Ausflugs ist erreicht, wenn Sand selbst an ihre Lieblingswand pinkelt und dabei fast umkippt. Jetzt, wo sie so alt ist, dass die anderen Hunde sie wie Luft behandeln, ist diese Wand der einzige Ort, an dem Sand erfährt, was hier in der Gegend so los ist. Sie ist die einzige Möglichkeit, wie sie sich zu Wort melden kann. Und während Sand sich durch die Nachrichten der anderen Hunde schnüffelt, versucht Gustav zu entdecken, ob es ein neues Graffito gibt.

Als Erik die Familie am Ende der ersten Ferienwoche zum Taco-Essen in die Küche ruft, ist Iris ausnahmsweise einmal nicht beim Sport. Ramona und Sara hängen träge auf ihren Stühlen. Gustav muss an abgestürzte Faultiere denken. Erik stellt Tacos, Bohnen, Mais und Salat und eine Menge Soßen auf den Tisch. Sie essen schweigend. Bis Erik sich räuspert.

»Schmeckt's?«

Sara und Ramona nicken, ohne aufzuschauen.

»Also ich habe noch mal beim Campingplatz angerufen. Unser Stellplatz ist immer noch frei. Wir könnten morgen packen und übermorgen losfahren. Iris kann sich zu Hause entspannen, und wir anderen fahren mal alleine. Wer hätte Lust drauf?«

Der Gedanke an das Meer, an Eis und raunende Nächte im Camper, der Gedanke daran, aus dieser heißen Wohnung herauszukommen, hat so an Gustav gezogen, dass sie gar nicht nachdenkt. Ihre Hand schießt in die Luft.

»Ich!«

Und bleibt die Einzige. Erik guckt zu Ramona und Sara. Die winden sich unter Eriks Blick.

»Och nö.«

»Ich finde es okay hier.«

»Aber ihr rennt doch den halben Tag durch die Wohnung und verkündet, dass euch langweilig ist.«

»Dänemark ist auch nicht besser.«

Doch Erik ist voller Tatendrang: »Das glaube ich jetzt nicht, ihr habt das doch immer geliebt. Denkt doch mal an das Meer!«

Iris schaltet sich ein: »Und letztes Jahr die Stranddisco am Abend, die fandet ihr doch gut.«

Ausnahmsweise sind Iris und Erik ganz eins, als sie Ramonas und Saras Widerstand mit ihren erwartungsvollen Blicken zum Schmelzen bringen wollen.

»Ach, jetzt seid ihr wieder einer Meinung!« Ramonas Stimme klingt schnippisch. Sie macht eine kleine Pause, bevor sie mit klarer Stimme verkündet: »Unsere Antwort ist nein!«

Und Sara fügt hinzu: »Wir gehen auf Leos Sommerparty. Wir bleiben hier.«

»Leos Sommerparty?« Iris versteht nicht.

»Ja, *die* Party des Jahres. Wir haben schon zugesagt.«

»Schließlich habt ihr den Urlaub abgesagt. Versucht jetzt nicht, uns zu zwingen. Wir sind die Opfer eures Beziehungsdramas. Und wenn es richtig blöd läuft, haben wir später echte Schäden.«

Iris stöhnt. Erik seufzt.

»Okay.«

Schweigen. Iris starrt auf den Tisch. Erik aus dem Fenster. Er ist direkt wieder in seinen Anti-Erik-Zustand gefallen. Gustav spürt Tränen in ihren Augen aufsteigen. Das ist typisch, dass Ramona und Sara sich nur um sich selbst drehen. Dabei kommt es jetzt darauf an, Erik wieder zum Tanzen zu bringen, also im übertragenen Sinn. Damit Iris sieht, dass er das kann.

»Also, ich würde auch mit dir ganz alleine fahren!«

Volltreffer. Durch Erik geht ein Ruck. Ein Energiestrom, der das System Erik mit einem Schnellstart wieder zum Laufen bringt. Mit feierlicher Stimme verkündet er: »Okay. Dann fahren wir zu zweit!«

Stolz betrachtet er Gustav.

»Abenteuerurlaub zu zweit.«

Das findet Iris jetzt gar nicht gut. Sie wackelt nervös auf ihrem Stuhl hin und her.

»Vielleicht werde ich auch noch mal gefragt.«

Erik guckt verständnislos.

»Du kannst ja nicht ohne eine Absprache hier einfach den großen Dänermark-Helden spielen.«

Erik wird jetzt ein bisschen wütend.

»Aber der Camper ist gebucht, und dir kann es doch völlig egal sein. Du bist doch diejenige, die Abstand will.«

»Ist mir aber nicht egal, weil ich nicht möchte, dass Sara und Ramona hier alleine sind.«

»Sind sie doch auch nicht. Du bist doch da.«

»Bin ich eben nicht!« Iris' Stimme klingt schrill. Als hätte sie unter ihrem Po einen ganzen Ameisenhaufen, schaukelt sie jetzt von einer Pobacke auf die andere. »Maren fühlt sich gerade nicht so gut, und da ist es wichtig, dass ich für sie da bin. Die Flüge sind ziemlich teuer. Vier Flüge, das können wir uns nicht leisten. Das ist da ja auch nicht so spannend für euch. Ist ja nur diese Finca in den Bergen.«

Alle gucken Iris an. Besser gesagt, alle starren Iris an.

»Was willst du uns eigentlich sagen«, raunzt Ramona.

Iris hält inne. Dann holt sie tief Luft.

»Ich fliege am Freitag nach Mallorca zu Maren. Alleine.«

Gustav ist fassungslos. In der letzten Woche hat Iris sich fast jeden Abend in ihrem Zimmer eingeschlossen, um mit Maren zu telefonieren. Wenn Gustav geklopft hat, hat sie »Gleich!« oder »Kann ich nicht einmal in Ruhe telefonieren!« geschrien, was ja Quatsch ist, weil sie jeden Abend telefoniert hat. Stundenlang. Und das ist jetzt also das Ergebnis dieser Telefonate. Iris tauscht *Dänemark zusammen* gegen *Mallorca alleine*, als handele es sich um Panini-Album-Sticker.

»Und was ist mit meinem Geburtstag?«, ruft Gustav.

Denn in einer Woche ist Gustavs zwölfter Geburtstag! Gustavs Geburtstag haben sie sonst immer alle zusammen in Dänemark gefeiert. Mit Torte und Strandschnitzeljagd und allem, was dazugehört!

Iris will gerade etwas zu Gustav sagen, da wird sie von Erik unterbrochen. Sein Unterkiefer war bei Iris' Verkündigung runtergefallen und hatte da eine ganze Weile gehangen. Aber jetzt schnappt er nach Luft und brüllt: »Du kannst doch nicht einfach einen Urlaub buchen, ohne das mit mir abzusprechen!«

Iris hat jetzt aufgehört zu wackeln, stattdessen kneift sie das Gesicht zusammen, während sie spricht, und an ihrem Hals und in ihrem Gesicht breiten sich rote Flecken aus. Rote Flecken sind kein gutes Zeichen bei Iris. Rote Flecken bedeuten, dass Iris ziemlich wütend ist.

»Mach du mich nicht an! Mit dir kann man ja nichts absprechen. Du redest ja nicht mehr«, faucht sie.

»Wer kann nicht mehr mit wem sprechen? Wer ist die ganze Zeit beim Sport und nie in der Wohnung? Wer macht immer einen riesigen Bogen um mich?«

Von einem Moment auf den nächsten scheinen Iris und Erik vergessen zu haben, dass Sara, Ramona und Gustav auch noch in der Küche sind. Auf jeden Fall brüllen sie sich jetzt über den Küchentisch hinweg an, und Gustav wäre es in diesem Fall doch lieber, sie würden sich wieder anschweigen. Wäre der Tisch nicht zwischen ihnen, sie würden sich bestimmt aneinander entzünden, erst lichterloh brennen und dann zu Staub zerfallen. Doch der Tisch steht zwischen ihnen, und während ihre Augen Blitze senden, verhaken sich ihre Worte, die leise gefauchten genauso wie die wütend geschrienen, in ein unentwirrbares Netz aus Vorwürfen.

Davon, dass Gustav, Sara und Ramona wortlos die Küche verlassen, bekommen sie nichts mit.

5

Dies ist der automatische Anrufbeantworter von Jutta Grösner, Paarberaterin und Paartherapeutin. In der Zeit vom ersten Juli bis zum zehnten August bin ich telefonisch nicht zu erreichen. Zögern Sie aber nicht, mir eine Nachricht und Ihren Namen und Telefonnummer zu hinterlassen. Ich rufe schnellstmöglich zurück.«

Gustav lauscht noch dem spitzen Signalton, der auf die Ansage folgt, dann drückt sie auf Auflegen. Die Stimme von Jutta Grösner klingt nett. Sanft und schon ein bisschen älter. Diese Jutta Grösner hat bestimmt graue Haare und einen sehr gemütlichen Stuhl hinter einem großen Tisch, von dem aus sie viele wichtige Dinge über die Midlife-Crisis sagen kann. Sicher, denkt Gustav, ist das ihr Spezialgebiet. Warum sonst sollte Erik ihre Visitenkarte auf dem Schreibtisch liegen haben. Gustav weiß, was Erik mit der Karte machen wollte. Er wollte bei Jutta Grösner anrufen und mit ihr über Iris, Omni und Analog und das Tanzen im übertragenen Sinne sprechen. Und jetzt schafft er es nicht mehr, weil er seit dem Beginn der Ferien immer mehr zum Stein wird.

Als Gustav ihn neulich mal gefragt hat, was er eigentlich den ganzen Tag an seinem Schreibtisch macht, hat er behauptet, an einem neuen Hörbuch zu arbeiten. Aber als Erik einmal für längere Zeit im Bad verschwunden war, hat Gustav einen Blick auf seinen Schreibtisch geworfen, und was sie da entdeckt hat, war kein Hörbuch. Es war ein großes Blatt mit Pfeilen und Verbindungslinien und verschiedenen Farben. Ein Diagramm. Diagramme kennt Gustav aus dem Erdkundeunterricht, aber bei Eriks Diagramm geht es nicht um Niederschläge oder Sonnenstunden, sondern um Iris und Erik. Von *Geburt Ramona* bis *Absage Dänemark / Iris braucht Zeit für sich* hat Erik verschiedene Ereignisse aufgelistet und mit Pfeilen und unverständlichen Anmerkungen versehen. Neben Absage *Dänemark / Iris braucht Zeit für sich* steht zum Beispiel *Versuche, Iris' Entscheidung zu akzeptieren und Positives für mich rauszuziehen,* und neben *Iris Mallorca* steht *Kein Kontakt.* Und dann lag da noch diese Karte von Julia Grösner, Paarberaterin und Beziehungscoach.

Gerade als Gustav auf Wahlwiederholung drücken will, stürmt Iris in das Zimmer.

»Mama. Anklopfen!«

»Ach, Gustavchen, stimmt, entschuldige. Warum vergesse ich das immer.«

Gustav murrt leise. Es macht keinen Sinn, Iris etwas vorzuschreiben. Sie hält sich eh nur an ihre eigenen Regeln.

»Komm, los geht's! Ich habe alle Schränke fertig! Jetzt holen wir endlich deinen Ferienpass in der Stadtbücherei ab!«

Iris fährt mit ihrem Fahrrad in Schlangenlinien auf dem Gehweg, und es stört sie nicht, dass sich ein paar ältere Damen leise und ein mittelalter Mann laut über sie ärgern. In der leeren, heißen Stadtbibliothek händigt eine durch und durch staubige Dame ihnen den Ferienpass aus. *Super-Ferien-Pass: 12–18 Jahre* steht da schön bunt auf dem Heft.

»Ach, ist der jetzt noch besser als in den letzten Jahren?« Iris' Begeisterung und gute Laune schwappen über die Theke und auf die Staubige. Die Staubige wischt die gute Laune mit einer Handbewegung weg wie eine lästige Fliege.

»Ick weeß jetz nich, watse mein'!«, sagt die Staubige.

»Na, weil er jetzt SUPER-Ferien-Pass heißt!«

»Dit is dit Gleiche wie jedet Jahr.«

»Ach so, tja, wir hatten noch nie das Glück, die Stadt im Sommer zu genießen.«

Die Staubige grabscht wortlos nach den Scheinen, die Iris ihr hinhält. Aber Iris lässt sich ihre gute Laune nicht kaputt machen. Den Pass in der Hand, verlässt sie summend die Bibliothek. Auf dem Weg zurück halten sie an der Eisdiele, und Iris kauft ein Eis für Gustav. Ein richtig großes im Becher. Drei Kugeln, Sahne und Schokoladensoße. Für sich selber bestellt sie einen doppelten Espresso. In Gustav kommt nicht zum ersten Mal der Gedanke auf, dass eine Gurke zu 97 Prozent, der Mensch zu 65 Prozent aus Wasser besteht und Iris zu 80 Prozent aus Kaffee. Feierlich überreicht Iris ihr den Ferienpass.

»Jetzt lies doch mal vor, was es so gibt!«

Gustav schlägt den Ferienpass auf.

»Naturkundemuseum.«

»Na, also! Du liebst doch Bao Bao.«

»Bao Bao?«

»Den Panda!«

»Iris, der ist ausgestopft. Ich bin Vegetarierin. Da war ich fünf, als ich den toll fand.«

»Na gut. Aber es gibt doch bestimmt noch tausend andere Sachen.«

»Hier steht, man kann in jedes Freibad der Stadt umsonst!«

»Na, siehst du! Das ist doch herrlich. Da triffst du bestimmt auch andere, die zu Hause geblieben sind. Du kannst mir doch nicht erzählen, dass alle aus deiner Klasse im Urlaub sind!«

Iris legt den Kopf in ihren Nacken und lässt sich die Sonne ins Gesicht scheinen. Es sieht nicht wirklich bequem aus.

»Apropos Urlaub, Gustav.« Ihr Kopf kommt wieder hoch.

»Es tut mir leid, dass das neulich so ein Chaos war. Ich hätte das mit Erik absprechen müssen. Aber dein Vater ist zur Zeit so …« Sie sucht nach Worten, bricht dann ab.

»Aber an meinem Geburtstag bist du wieder da!«

Jetzt guckt Iris Gustav mit großen Augen an, und Gustav kann sehen, dass die Antwort, so unerhört es auch ist, nein lautet.

»Gusti, tut mir leid. Es ist eben ein schwieriger Sommer. Ich bin doch immer da gewesen an deinem Geburtstag. Es ist eben so, dass Maren gerade an dem Tag vor deinem Geburtstag so eine wichtige Untersuchung hat …«

Gustav bemüht sich, die Tränen zurückzuhalten.

»… und da möchte ich gerne bei ihr sein. Kannst du das verstehen?«

Gustav schüttelt den Kopf.

»Es tut mir leid, Gusti. Aber du bist doch nicht alleine. Sara, Ramona und Erik sind doch da. Und ich verspreche dir, wir feiern richtig schön nach.«

Iris legt ihre Hand auf Gustavs Kopf, wo sie schwer liegen bleibt. Gustav zwinkert ein paarmal und schluckt die Tränen dann einfach runter.

»Darf ich Ihnen noch etwas bringen?«, erkundigt sich die Kellnerin.

»Ja. Das Gleiche noch mal. Mit doppelter Schokoladensoße.« Gustav wartet auf Einspruch von Iris, aber Iris sagt nichts. »Und doppelter Sahne!«, schiebt sie schnell noch hinterher.

Die Bedienung serviert den zweiten Eisbecher klirrend in Iris' und Gustavs Schweigen hinein. Gustav lässt das kalte Eis den Hals hinunterlaufen. Der Geschmack von Schokolade und Vanille legt sich tröstend über den der Tränen. Iris hat schon wieder den Kopf in ihren Nacken gelegt und lässt sich die Sonne ins Gesicht scheinen. Diesmal so lange, bis ihr Gesicht die Farbe einer überreifen Tomate hat. Gustav hat das Gefühl, dass Iris auch deswegen so lange den Kopf in die Sonne hält, damit sie nicht mit Gustav reden muss.

Dass Erik sein Zimmer verlassen hat, ist schon ein Wunder, aber noch erstaunlicher ist es, dass er Gustav und Iris im Treppenhaus entgegenkommt und offensichtlich vorhat, an die frische Luft zu gehen. Iris ist so erstaunt, dass sie stehen bleibt. Erik starrt ihr ins Tomatengesicht. Nervös fährt Iris sich mit der Hand durch das Haar. Dann sagen sie alle drei auf einmal etwas.

»Ich gehe nach dem Camper gucken.«

»Ich habe zwei Eisbecher gegessen.«

»Ich muss mich mal eincremen.«

Im Musikunterricht nennt man das Dreiklang. Wenn drei Töne gleichzeitig gespielt werden. Das kann schön klingen, muss aber nicht. Je nachdem, ob die Töne zueinanderpassen. Wenn sie nicht zueinanderpassen, ist es ein dissonanter Dreiklang. Gustav ist noch dabei herauszufinden, ob das jetzt gerade ein dissonanter Dreiklang war oder nicht, als Erik zu ihr sagt:

»Willst du mit rauskommen?«

Gustav würde jetzt eigentlich lieber ausprobieren, ob ihr trotz der Erbsen ihr königsblauer Badeanzug noch passt, damit sie ins Freibad gehen kann und somit wenigstens einen Nutzen vom Super-Ferien-Pass hat. Aber ein Flackern in Eriks Augen sagt Gustav, dass das eben keine Frage war. Es war eine Bitte. Mehr noch ein Flehen. *Komm mit! Lass mich nicht alleine auf die Straße.*

Ich habe Angst vor anderen Menschen, Angst vor dem Sommer, der guten Laune, die aus allen Ecken kriecht. So ungefähr.

»Okay! Ich hole noch schnell Sand.«

Gustav rennt nach oben. Die Mittagshitze ist jetzt ausnahmsweise egal. Hier geht es um Erik und die Möglichkeit, dass er sein steiniges Dasein hinter sich lässt. Das muss auch Sand verstehen, die in einer kühlen Ecke der Küche liegt und schnarcht. Gustav zerrt Sand an ihrer Leine aus der Wohnung. Als sie vor die Wohnungstür tritt, hört sie Iris und Erik im Treppenhaus streiten. Die beiden verstummen, als sie Gustav hören, und als Gustav unten angekommen ist, stehen sie still und unbeweglich voreinander. Gustav nimmt Eriks Hand. Er darf jetzt auf keinen Fall einen Rückzieher machen. Sie zieht mit der einen Hand Erik die Treppe hinunter und mit der anderen Sand, die ins Schleudern kommt und die letzten Stufen einfach hinunterrutscht.

Gustav hievt erst Sand auf den Beifahrersitz, und dann klettert sie selbst hinterher. Die Luft im Camper ist so aufgeheizt von der Sonne, dass Erik, kaum sind sie drin, alle Fenster herunterlässt.

Dann krabbelt er nach hinten und führt Gustav wie ein trauriger, aber bemühter Verkäufer die Küchenzeile, das große Klappbett und den XXL-Kleiderschrank vor.

»Ist das neueste Modell. Wirklich voll ausgestattet. Das wäre ein super Urlaub geworden.«

Erik hat sich auf das Klappbett gesetzt, und es ist unübersehbar, dass er nach seinem kurzen und begeisterten Ausflug in die Welt der Technik nun kurz davor ist, wieder in den Anti-Erik-Zustand abzurutschen. Einen Rückfall, den Gustav auf jeden Fall verhindern muss.

»Wir könnten doch eine Runde fahren.«

»Willst du?« Eriks Stimme bebt.

»Ja!«

»Okay!« Farbe steigt in Eriks Gesicht. Er klettert vorne auf den Sitz und nestelt am Lenkrad herum. Bevor er den Camper startet, guckt er Gustav noch einmal unsicher an.

»Los!«, sagt Gustav.

»Okay. Los!«

Erst fährt Erik sehr langsam, fast schleicht er durch die Straßen. Doch je weiter sie ihre Wohnung hinter sich lassen, je mehr die Stadt sie aufnimmt in den Rhythmus ihrer Straßen, umso schneller wird er. Sand hält den Kopf aus dem Fenster. Der Fahrtwind gefällt ihr. Im Handschuhfach findet Gustav eine von Erik beschriftete CD: »Dänemark rockt und popt« steht darauf.

»Du hast schon eine gemacht?«, fragt sie erstaunt.

Erik nickt. Erik stellt für jeden Sommerurlaub einen Soundtrack zusammen. Kaum fahren sie auf die Autobahn, wird die selbstgebrannte CD eingelegt und von da an rauf und runter gespielt. Und nach dem Urlaub, in den Monaten, in denen es früher dunkel wird, so früh, dass es irgendwann gar nicht mehr hell wird, da hören sie die CD zu Hause in der Küche. Am Anfang ist es noch so, als ob man wieder am Campingplatz wäre, doch mit jedem Mal rückt das Meer ein Stück weiter weg. Mit jedem Hören gehen die Erinnerungen an den Sommer mehr in die Erinnerung an die Zeit nach dem Sommer über, und dann irgendwann ist es nur noch die Erinnerung an die Erinnerung, und dann hören sie irgendwann auf, die Musik zu hören.

Die CD vom letzten Jahr haben sie nur selten gehört. Vielleicht, weil sie nach dem letzten Sommer kaum Zeit gemeinsam in der Küche verbracht haben. Immer waren alle überall, nur nicht zu Hause. Ramona und Sara waren in der Stadt, weil es dort aufregendere Plätze gab als die Küche. Iris war beim Feind, und Erik und Gustav waren zwar zu Hause, aber nicht in der Küche, weil es ohne die anderen nicht das Gleiche war.

Gustav schiebt die neue CD in den Player. Das erste Lied kennt sie schon, seit sie klein war. Es ist das ultimative Sommer-und-Sand-Lied: *A Dog Named Boo.* Der Song handelt von einem Hund. Gustav stellt sich immer genauso einen Hund wie Sand vor.

Das Lied katapultiert Gustav direkt in den Stau, in dem sie auf der Rückfahrt letztes Jahr mehr als drei Stunden gestanden hatten. Ein so unbeweglicher Stau, dass Iris ausgestiegen ist und eine Runde mit Sand gedreht hat, neben den anderen Autos stehen blieb und mit den anderen Leuten quatschte wie mit Bekannten. Als sie zurückkam, stand das Auto immer noch an der genau gleichen Stelle, und das Lied lief in Schleife, weil Ramona und Sara das so verlangten und Gustav und Erik nichts dagegen hatten. Als Iris wieder einstieg, hatte sie gute Laune und sang laut und schief mit, so lange, bis Erik sich zu ihr rüberbeugte und sie lange auf den Mund küsste. Das hatte er den ganzen Urlaub nicht getan. Aber damals im Auto gefiel es Iris offenbar, denn sie nahm seinen Kopf und zog ihn noch näher an sich.

Sand hat ein Ohr hochgestellt und jault ein bisschen mit. Obwohl sie kaum mehr sehen kann, hört sie noch ausgezeichnet.

Zu beiden Seiten breitet sich der Tiergarten aus, massig und unbeschreiblich grün. Die Goldelse glitzert in der Sonne und wacht von ihrem Aussichtsturm aus über die Straßen, die von dort aus in alle Richtungen der Stadt abgehen. Erik und Gustav entscheiden sich für keine davon. Sie fahren einfach ein paar Runden um die Else. So lange, bis Gustav schwindelig ist, und sie die Straße nach Schöneberg nehmen.

Das dritte Eis an diesem Tag ist ein kleines buntes am Stiel, das nach Kaugummi schmeckt und nach Sommer und ein bisschen auch nach Dänemark.

»Ich finde den Camper gemütlich. Richtig gut hast du den ausgesucht.«

»Meinst du?«, fragt Erik.

Auf dem Weg von der Tankstelle nach Hause sieht Erik seit Wochen das erste Mal so aus, als ob er glücklich ist. Der Fahrtwind hat seine Haare in alle Richtungen zerstrubbelt. Er legt seine Hand auf Gustavs und lächelt sie an. Und Gustav hat das Gefühl, dass dieses Lächeln von Erik besser ist als alle drei Eis, die sie heute gegessen hat, und besser als alle Ferienpässe der Welt.

Schon im Treppenhaus hört man Ramonas und Saras Gekicher. Sie haben sich einen Haufen Kleider aus dem Internet bestellt und lassen sie gerade alle wieder zurückgehen. Das ist, nach über Jungs quatschen, vor sich hin maulen und Musik hören, ihr liebstes Hobby. Sie stehen in Shorts und Bikinioberteil in der Tür. Vor ihnen steht ein junger, stark schwitzender Paketbote.

»Machst du das immer?«, fragt Ramona.

»Nee. Ferienjob.«

»Aha ...«

Angewidert schiebt Gustav sich an den dreien vorbei. Ramona und Sara, denkt sie, sind auf die Bewunderung von Jungs so angewiesen wie andere auf Nahrung.

Später am Abend kramt Gustav ihren königsblauen Badeanzug aus dem Schrank, schnappt sich das Telefon, das ausnahmsweise nicht von Iris besetzt ist, und verschwindet im Badezimmer. Die Badezimmertür schließt sie ab. Das macht sie sonst nie. Es fühlt sich aber gar nicht so schlecht an. Es fühlt sich sogar richtig gut an. Ein kleiner Handgriff, und schon gibt es niemanden mehr, der Gustav stören könnte. Nicht, dass sich hier irgendjemand dafür interessieren würde, was sie so tut, aber es ist nun auch nicht so, dass Ramona, Sara oder Iris Rücksicht nehmen, wenn Gustav im Badezimmer ist. Obwohl klar ist, dass man auf keinen Fall ins Bad gehen darf, wenn eine von den dreien im Bad ist.

Gustav schlüpft aus Shorts und Shirt und in den Badeanzug. Um sich bis zum Brustkorb im Spiegelschrank über dem Waschbecken sehen zu können, muss sie auf den Hocker neben der Waschmaschine klettern. Deutlich zeichnen sich die zwei Erhebungen unter dem Badeanzugstoff ab. Nur ein Blinder kann das übersehen. So kann sie auf keinen Fall ins Freibad gehen!

Gustav setzt sich auf den Badewannenrand und seufzt tief. Kein Meeresrauschen, keine Sanddünen, keine Brandung und jetzt nicht einmal der Lärm der überfüllten Liegewiese, keine lauwarmen Fußbecken und keine Schlange vor den Duschen. Diese Sommerferien werden als die langweiligsten in die Geschichte eingehen. Das ist schon einmal klar.

Das Einzige, was ihr jetzt noch bleibt, ist, dafür zu sorgen, dass sie die nächsten Ferien wieder in Dänemark verbringen. Aus der Tasche ihrer Hose fummelt sie die Karte von Julia Grösner.

»Guten Tag, ich bin Gustav. Ich rufe wegen meinen Eltern an, Erik und Iris. Sie sind mitten in der Midlife-Crisis. Das ist auch der Grund, weswegen ich meine Sommerferien in der Wohnung verbringen muss. Vielleicht können Sie mir helfen.«

Gustav überlegt, ob es eine gute Idee ist, das Ganze etwas ausführlicher zu erzählen, aber da drückt von außen jemand die Türklinke herunter, deswegen beeilt sie sich und flüstert jetzt: »Sie können unter der Nummer zurückrufen. Wenn meine Eltern oder meine Schwestern drangehen, legen Sie einfach auf.«

Sie hat gerade den Hörer beiseitegelegt, da rüttelt es wieder an der Tür.

»Gustav.«

Kaum hat Gustav die Tür aufgeschlossen, stürmt Ramona rein.

»Sag jetzt nicht, dass du wegen den Erbsen abschließt.«

Ramona baut sich vor dem Spiegel auf.

»Pickel! Das ist wirklich ein Pickel! Zwei!«

Die Wange schon fast am Glas, starrt Ramona in den Spiegel und bricht dann in lautes Geheul aus.

Sara stürmt hinter ihr ins Badezimmer.

»Quatsch!«

»Guck doch, hier im Licht sieht man ganz genau, dass es kein Stich ist!«

Tränen laufen über Ramonas Gesicht. Iris erscheint in der Badezimmertür.

»Hat eine von euch Mädels das Telefon geklaut?« Und mit einem Blick auf die heulende Ramona fährt sie fort: »Ist es wegen Mallorca? Ich bin doch nicht so lange weg.«

Wortlos drückt Gustav Iris das Telefon in die Hand.

»Natürlich ist es nicht wegen Mallorca«, schluchzt Ramona. »Du denkst wirklich, dass wir alle uns nur um dich drehen!«

Auf dem Weg in ihr Zimmer sammelt Gustav Sand im Flur ein und hievt sie auf das Fußende des Bettes. Wo Sand sich gleich zusammenrollt. Im Dunkeln betrachtet Gustav die Leuchtsterne an ihrer Zimmerdecke. Irgendwann einmal waren sie wie die Sternbilder aufgeklebt. Ein Geburtstagsgeschenk von Ramona und Sara. Doch der Geburtstag ist lange her. Die wenigen Sterne, die noch dort sind, leuchten schwach und einsam in der Dunkelheit. Gustav muss an den Neuen denken. Was der wohl in den Ferien macht?

6

Am Freitag nimmt Iris den ersten Flieger nach Mallorca. In der Morgendämmerung schleicht sie zu Gustav ins Zimmer. Gustav, die durch Iris' Geräusche im Flur schon wach ist, kneift die Augen zusammen. Iris beugt sich über sie, zieht die Decke ein Stück zurecht.

»Bis bald, meine Süße!« Sie kniet sich runter und streichelt Sand, die vor dem Bett liegt. »Mach's gut, Sand!«

Auf Zehenspitzen schleicht Iris aus dem Zimmer. Gustav wartet noch, bis sie die Haustür hinter ihr ins Schloss fallen hört, dann öffnet sie die Augen und zieht sich die Decke von den Schultern. Sie setzt sich auf und schwingt die Füße aus dem Bett. Während sie so sitzt, denkt sie über Iris nach, darüber, wie es jetzt wird, zehn Tage ohne sie. Sosehr Iris manchmal auch nervt, wenn sie wegfährt, fühlt sich die Wohnung immer ein bisschen verlassen an. So wie Erik dafür sorgt, dass immer Milch im Kühlschrank steht und das Waschbecken nicht verstopft, sorgt Iris dafür, dass die Wohnung in Bewegung bleibt. Ihre Ideen, Launen und Erzählungen fließen durch die Wohnung wie Blut durch Adern. Ohne sie ist die Wohnung zwar ordentlicher, aber auch weniger lebendig. Gustav kommt der Gedanke, dass diese Sommerferien eine Zeit der Abwesenheit sind. Alle befinden sich irgendwo. Anina in Frankreich.

Dänemark in Dänemark.

Erik im Anti-Erik-Zustand.

Ramona und Sara in der geistigen Pampa.

Sand an undefinierbaren Orten.

Und Iris, Iris, die beschlossen hat, dass Marens Untersuchung wichtiger ist als Gustavs Geburtstag, die befindet sich auf Mallorca.

Nur Gustav, Gustav befindet sich genau hier. Mit einem Mal überkommt Gustav eine große Müdigkeit.

Das nächste Mal wird sie davon wach, dass Sand an der Tür steht, leise jault und rauswill. Gustav seufzt: die morgendliche Runde. War ja klar, dass das an ihr hängen bleibt. Es muss schon spät sein, denn die Sonne drängt sich unmissverständlich durch die Gardinen ins Zimmer. In der Wohnung ist alles ruhig. Die Tür zu Eriks Zimmer ist zu. Im Badezimmer laufen Radio und Dusche. Sand hechelt und kratzt ungeduldig an der Tür. Kaum ist die Wohnungstür offen, fällt sie beinahe die Treppe hinunter und ist so erleichtert, draußen zu sein, dass sie direkt vor der Haustür in die Hocke geht.

»Warte!«, schimpft Gustav.

Zu spät. Leise plätschert das Hundepipi auf die Treppenstufe vor der Haustür.

»Mann, Sand!«

Gustav zerrt Sand die Stufe hinunter und den Gehweg entlang, Sand pinkelt weiter, fällt fast hin. Als sie endlich am nächsten Baum angekommen sind, tropft es nur noch zwischen ihren Beinen. Schuldbewusst blickt sie zu Gustav hoch. Kichernd fahren zwei Mädchen auf ihren Rädern vorbei. Die Gepäckträger voll bepackt mit Kühltasche und Sonnenschirm. Die eine hat ihren Badeanzug an die Sonnenschirmstange gehängt, eine himbeerrote Flagge, die im Wind flattert. Sie ist noch zu sehen, lange nachdem das Gekicher der Mädchen verklungen ist.

Gustav denkt an Anina. Ob sie jetzt mit Paula genauso viel kichert wie mit Gustav? So ein Kichern, das im Laufe des Tages nicht weniger wird, sondern immer mehr – so lange, bis sie schon beim Anblick von Aninas missmutigem Nachbar anfangen zu kichern. So lange, bis man am Ende des Tages Muskelkater hat vom Lachen und selbst abends beim Einschlafen, wenn man alleine im Bett liegt, noch leise glucksen muss und sich wünscht, die andere wäre jetzt hier. Gustav beschließt, Anina gleich morgen früh anzurufen.

Gustav setzt sich auf den Bordstein. Es tut ihr leid, dass sie Sand so gezerrt hat. In den Tiefen ihrer Hosentaschen findet sie zwei kleine, sehr alte, durch die Wäsche verblasste Gummibärchen. Hastig schlingt Sand die Bären hinunter und leckt sich den Bart. Gustav wünscht sich, dass ihr Glück auch nur von zwei Gummibärchen abhängig wäre. Das Gefühl von heute Morgen rollt erneut über Gustav. Das Gefühl, völlig allein zu sein in dieser Stadt.

»Vielleicht hat Iris recht, und die anderen Zuhausegebliebenen sind alle im Freibad.«

Sand guckt Gustav durch ihre milchigen Augen an.

»Ich werde auf keinen Fall reingehen, aber wir könnten ein bisschen davor spazieren gehen. Was meinst du, Sand?«

Und dann tut Sand etwas Unerhörtes. Sie nickt. Es ist nur ein kleines Nicken, aber nicht zu übersehen. Sand hat viele Arten, sich mit Menschen zu verständigen, aber genickt hat sie bisher noch nie. Sie nickt, und dann dreht sie sich zur Seite, als gäbe es dort etwas zu sehen.

»Hast du genickt, Sand?«

Sand dreht sich wieder zu Gustav und guckt sie an, als habe sie keine Ahnung, wovon Gustav spricht. Dann lässt sie sich ohne Vorwarnung auf den Boden und Gustavs Füße fallen. Dort bleibt sie liegen.

Alter Hundetrick, denkt Gustav, erst nicken und dann so tun, als ob man nichts versteht.

Erik sitzt an seinem Schreibtisch. Vor ihm auf dem Schreibtisch erkennt Gustav das Diagramm. Als er Gustav im Türrahmen bemerkt, schreckt er auf. Seit Iris abgeflogen ist, sieht er noch blasser, noch mehr nach Anti-Erik aus als zuvor. Davor hatte Erik immer eine gewisse Körperspannung, eine Spannung, die sich erhöhte, sobald Iris die Wohnung betrat. Diese Spannung ist nun weg. Erik sitzt an seinem Schreibtisch wie ein in sich zusammengefallenes Zelt.

»Gustav!«, sagt Erik.

Das klingt beinahe so, als habe er gar nicht erwartet, dass sie noch hier ist. Jetzt lächelt er. Ein Lächeln, das Gustav nicht sehr überzeugend vorkommt.

»Wir machen es uns richtig nett in den Ferien!«

Gustav nickt.

»Wir unternehmen etwas Tolles.«

Gustav nickt wieder. Als sie Erik eröffnet, dass sie jetzt erst mal mit Sand ins Freibad fährt, wirkt er erleichtert. Er drückt ihr einen Zehneuroschein in die Hand.

»Für Eis und so.« Seine Hand ist feucht und kalt, und Gustav meint, ein leichtes Zittern zu spüren.

Der Bus zum Freibad fährt gleich um die Ecke ab. Normalerweise würde Gustav mit dem Fahrrad fahren, aber sie ist sich nicht sicher, ob Sand den ganzen Weg schafft, und deswegen beschließt sie, den Bus zu nehmen. Der Busfahrer weist Gustav darauf hin, dass auch kleine Hunde nur mit Maulkorb in den Bus dürfen.

»Regeln des öffentlichen Nahverkehrs, junge Dame!« Er legt eine Pause ein, um die Spannung zu erhöhen. Der Bus ist menschenleer, und Gustav wird das Gefühl nicht los, dass er einfach nur mit jemandem reden will.

Dann betrachtet er Sands graue Schnauze und ihre trüben Augen mitleidig.

»Die geht heute ausnahmsweise als Fossil bei mir durch.« Er kichert, so klasse findet er seinen Witz.

Gustav bedankt sich. Es macht keinen Sinn, ihm zu erklären, dass Sand diese Beleidigung durchaus versteht. Denn dazu müsste Gustav ausholen und davon erzählen, dass Sand kein Hund wie jeder andere ist. Dass sie weise ist und klug. Dass es Tage gibt, an denen sie Gustavs Gedanken lesen kann, ganz selbstverständlich und nebenbei, als wäre Gustav ein Straßenschild.

Sand unter dem Arm, steigt Gustav die Treppe zum Oberdeck hoch. Sie lässt sich auf den Platz ganz vorne fallen. Ihr fällt auf, dass Sand keine Doppeldeckerbus-

Erfahrung hat. Und ihre Idee, mit dem Bus zu fahren, erscheint ihr mit einem Mal noch besser.

»Du bist ja keine echte Berlinerin, wenn du noch nie Doppeldecker gefahren bist«, erklärt sie Sand.

Sand hechelt zustimmend und druckt ihre nasse Schnauze an die Frontscheibe des Busses. Das hat Gustav als Kind auch immer gemacht, Nase und Mund an die Scheibe gedrückt. Sicherlich hat sie sich genau in diesem Bus auch schon die Nase platt gedrückt, und wer weiß, vielleicht genau dort, wo Sands Nase jetzt klebt.

»Gustav! Ich dachte, ihr seid in Dänemark!«, dröhnt es von hinten, und dann landet zuerst eine große Korbtasche und dann Line neben Gustav. Line geht in Gustavs Parallelklasse. Sie ist eine von Paulas Trabanten. Aber noch eine von den auszuhaltenden. Vielleicht wäre sie sogar ganz nett, wenn sie sich nicht ausschließlich um den Planet Paula drehen würde.

Line umarmt Gustav. Das macht sie in der Schule nie.

»Freibad?«

Gustav nickt.

Jetzt hat Line Sand entdeckt.

»Ist das deiner? Krass süß!« Sie beugt sich hinunter und krault Sand am Ohr. »So geiles Wetter und nichts los. Zu Hause ist es so langweilig. Das Einzige, was geht, ist, im Freibad abzuhängen. Abends bin ich immer mit Jerome unterwegs. Aber tagsüber jobbt er gerade.«

Line haucht den Namen Jerome mehr, als das sie ihn spricht. Sie ist eine der Ersten aus Gustavs Stufe gewesen, die einen Freund aus dem Jahrgang über ihnen hatte: Jerome. Jerome hat Muskeln an den Oberarmen, und seine Shirts ziert fast immer ein bekannter Schriftzug. Sein Vater arbeitet beim Film, und manchmal darf Jerome mit ans Set. Am nächsten Morgen stehen immer alle um ihn herum und wollen wissen, welche bekannten Schauspieler er dort getroffen hat. Neulich zum Beispiel hat er einem richtig berühmten Schauspieler aus Hollywood die Hand geschüttelt. Da ist sogar Anina neidisch gewesen. Und das, obwohl sie und Gustav sich fest vorgenommen haben, nicht bei dem Jerome-Hype mitzumachen.

Bereits um diese Zeit ist das Freibad brechend voll. Der Lärm von den Becken und der Liegewiese schwappt über die Umkleiden und den Zaun bis vor das Freibad und jagt Gustav den Geruch von Chlor in die Nase und den Geschmack von Pommes mit Ketchup auf die Zunge.

Gustav zieht Sand vom Eingang weg in den Schatten. Von hier aus hat man sowohl einen Blick auf die Liegewiesen als auch auf den Eingang.

Line, die Gustav gefolgt ist, scannt mit ihrem Blick die Wiese ab. »Ah, guck mal, Marlene und so sind schon da.«

Sie deutet auf eine Gruppe von Mädchen, mit denen Paula manchmal abhängt. Die Mädchen haben ein großes Lager aus Handtüchern gebaut, auf denen sie bewegungslos in der Sonne liegen wie Reptilien.

»Komm doch zu uns. Wir haben so eine Competition am Laufen, dass wir am Ende der Ferien brauner sind als die, die weg waren. Marlene kennt echt abgefahrene Tricks zum Bräunen.«

Gustav nickt und versucht, ein bisschen interessiert auszusehen. Dabei kann sie sich nichts weniger vorstellen, als über Stunden in der prallen Sonne zu liegen, nur um am Ende der Ferien irgendeinen doofen Wettbewerb zu gewinnen. Bei den Fahrradständern sieht Gustav jetzt den Neuen. Das heißt, zuerst sieht sie eine Glitzerleggings, in der sich die Sonne verfangen hat, dann ein ziemlich verwaschenes T-Shirt mit Sternen und dann sein Gesicht, das genau in ihre Richtung schaut.

Line wühlt in ihrer Tasche und zieht einen Geldbeutel hervor.

»Kommst du?«, fragt sie Gustav.

Jetzt beugt der Neue sich runter, hebt zwei Flaschen

vom Boden auf. »Darf der denn überhaupt rein?« Line deutet auf Sand.

Gustav schüttelt den Kopf. Line kniet sich hinunter zu Sand.

»Scheiße. Willst du den hier draußen warten lassen? Der wird doch bestimmt geklaut. Der ist so süß.«

»Sie«, verbessert Gustav abwesend. »Ist ein Mädchen.«

Moon verstaut die Flaschen in einem Karton, der bereits randvoll mit Flaschen und auf einem Skateboard festgebunden ist.

Sand hat sich auf den Rücken gedreht und hält Line den Bauch hin. So eine Verräterin!

»Ich hätte auch gerne einen.«

Beim Anblick von Lines gelb bemalten Fingernägeln, die über Sands Bauch wandern, wird Gustav schlecht.

»Wasch dir danach besser die Hände.«

Line streichelt weiter. Sand wirft ihr dabei schmachtende Blicke zu. Für sie könnte das jetzt noch Stunden so weitergehen.

»Flöhe.«

Line lässt abrupt von Sand ab.

»Ansteckend, oder was?«

Gustav nickt. Line starrt auf ihre Hand.

»Springen ganz gerne mal rüber. Weiß man ja. Na ja, sind ja nur Flöhe.«

Line hat es mit einem Mal sehr eilig.

»Okay. Ich geh dann mal. Die warten da drinnen bestimmt schon auf mich!«

Dann stakst sie davon, die Hände weit von sich gestreckt. Endlich! Sand hat sich inzwischen aus der Bauchlage herausbegeben und sieht Line vorwurfsvoll hinterher.

»Ich komme voll gerne mal zu euch. Vielleicht bekomme ich Sand ja doch irgendwie mit rein«, ruft Gustav noch, aber Line dreht sich nicht mehr um. Als Gustav wieder zu den Fahrradständern guckt, ist der Neue nicht mehr zu sehen.

Bis zur nächsten Eisdiele ist es ein ganzes Stück, und Gustav hat Mühe, Sand dazu zu bringen, so weit zu laufen. Als sie endlich da sind, bestellt Gustav eine Kugel Himmelblau. Das Eis schmeckt nach Kaugummi und hat heute tatsachlich ganz genau die Farbe des Himmels über Berlin. Schade, dass man mit dem Super-Ferien-Pass nicht alle Eisdielen der Stadt umsonst besuchen kann. Das wäre wirklich SUPER.

Sand sitzt vor Gustav, starrt sie an, und die Spucke läuft ihr die Schnauze hinunter, tropft auf den Boden. Sie wartet darauf, dass Gustav ihr den Rest der Waffel gibt. In solchen Momenten gleicht Sand jedem anderen

Hund in dieser Stadt, und insgeheim ist Gustav der Meinung, dass Sand das nur macht, damit nicht jeder gleich sieht, was es mit ihr auf sich hat.

Auf dem Weg zurück zum Freibad ist Sand trotz der Pause träge. Erst bewegt sie sich im Schneckentempo, dann setzt sie sich alle paar Meter hin, und zum Schluss legt sie sich mitten auf den Bürgersteig und will partout nicht weiter. Kein Ziehen hilft und auch kein gutes Zureden, und in Gustavs Hosentasche befinden sich auch keine Gummibärchen mehr, für die Sand bestimmt noch ein paar Meter gelaufen wäre, wenn Gustav sie ihr direkt vor die Nase gehalten hätte. So aber passiert nichts mehr. Sand bleibt einfach liegen. Gustav hätte sie bestimmt tragen müssen, wenn Sand ihren Protest nicht ein paar Meter neben einer Bushaltestelle platziert hätte.

Dem Busfahrer läuft der Schweiß von der Stirn, und ob Sand einen Maulkorb trägt oder nicht, ist ihm egal. Er will nicht einmal Gustavs Fahrkarte sehen. Außer Atem setzt Gustav Sand im Oberdeck vor der großen Scheibe ab und lässt sich auf den Sitz fallen.

Als der Bus vor dem Freibad hält, hört Gustav, kaum geht die Tür unten auf, schon Gejohle. Das Gejohle wird lauter. Die Jungs, die da johlen, stürmen jetzt die Treppen zum Oberdeck hinauf und lassen sich schräg hinter Gustav auf die Sitze fallen.

»Bist du der Freibad-Penner, oder was?«

Da erkennt Gustav die Stimmen. Das sind Jonte und Elias, zwei Idioten aus der 8b. Das Gegröle gehört zu ihnen wie das Maulen und Motzen zu Ramona und Sara. Und genau wie Ramona und Sara gibt es für sie nichts Schöneres, als andere zu ärgern. Auch Gustav ist schon ein paarmal ihr Opfer geworden. Gerade neulich haben sie sich auf dem Schulhof über ihre kurzen Haare lustig gemacht. So kurze Haare sind nur was für Mädchen, die Mädchen lieben, hat Jonte gesagt, und Elias hat hinzugefügt, dass ein Mädchen, das Gustav heißt, ja sowieso kein richtiges Mädchen sein kann. Als ob es falsche oder richtige Mädchen gibt, hat Gustav gedacht, aber gesagt hat sie nichts. Sie ist einfach in Richtung der Pausenaufsicht gegangen, weil ihr klar war, dass die beiden da nicht hinterherkommen. Hier im Bus haben sie Gustav noch gar nicht bemerkt. Zum Glück.

»Ist die Glitzerleggings aus dem Altkleidersack, oder hast du die von deinem Flaschenpfand gekauft?«, hört sie Jonte sagen.

Glitzerleggings? Gustav versucht, mit einer möglichst kleinen Kopfbewegung einen Blick auf die Sitzreihe hinter sich zu werfen. Richtig: Hinter ihr sitzt Moon. Er hat seine Stirn an die Scheibe gepresst, starrt aus dem

Fenster und tut so, als würde er nichts von dem, was Jonte und Elias sagen, hören.

»Für Friseur reicht es bei euch nicht, oder? Aber ich kenne eine, die schneidet solchen wie dir umsonst die Haare«, sagt Elias.

»Bist du stumm oder was? Hello! English, French, Suaheli?«

Jonte und Elias brüllen vor Lachen. Jetzt fängt Jonte an, in Moons Richtung zu rülpsen, und Elias stimmt mit ein. Sie rülpsen abwechselnd, hängen mit den Oberkörpern über den Gang, beinahe bei Moon auf dem Sitz. Ihre Rülpstechnik ist nicht sonderlich ausgefeilt, das hört Gustav sofort. Die Rülpser klingen nach dem feuchten Quaken von alten Fröschen. Die haben bestimmt noch nicht eines von Aninas Rülpsvideos angesehen, denkt Gustav. Das hält die Jungs aber nicht davon ab, in einem fort zu rülpsen. Und wenn sie nicht rülpsen, dann lachen sie.

Moon ist rot im Gesicht. Er drückt seinen ganzen Körper an die Wand des Busses, die Stirn gegen die Scheibe.

Später weiß Gustav auch nicht mehr, wann genau sie den Entschluss gefasst hat, und wie sie diesen Riesenrülpser hinbekommen hat, aber das ist auch egal. Sie strafft ihren Rücken, saugt eine große Welle Luft ein und schluckt sie hinunter. Als sie spürt, wie die Luft sich in ihrem Magen ausdehnt, dreht sie den Kopf jetzt blitzschnell zu Jonte und Elias, reißt den Mund auf, und was dann kommt, ist kein alltäglicher Rülpser. Kein Anfängerrülpser. Es ist das Brüllen eines Löwen. Groß und rund und unglaublich laut rauscht er aus Gustavs Mund in den Bus.

Danach ist es still.

Ungläubig starren Jonte und Elias Gustav an. Auch Moon hat die Stirn von der Scheibe genommen und guckt zu Gustav. Es ist schwer zu sagen, ob er Gustavs Brüllen gut fand. An seinem Gesicht lässt sich nichts ablesen, außer der Erleichterung darüber, nicht mehr im Zentrum von Jontes und Elias' Aufmerksamkeit zu stehen. Nach einer ganzen Weile, in der nichts passiert, sagt Jonte:

»Alter, wie eklig ist die denn!« Er verzieht das Gesicht. »Ist das deine Freundin, oder was?« Angeekelt mustert er Moon. »Passt ja.«

Dann motzen sie weiter, aber jetzt geht es um den Busfahrer und darum, wer heute im Freibad die lässigste Arschbombe gemacht hat. Für Moon und Gustav interessieren sie sich nicht mehr.

Gustav sitzt kerzengerade auf ihrem Platz und freut sich über diesen Königsrülpser. Sie muss sich bemühen, nicht lauthals zu lachen. So sehr freut sie sich. Wenn Anina den gehört hätte. Sie wäre stolz auf sie. Und Gustav selbst ist es auch.

Als Jonte und Elias ausgestiegen sind, ist es auf einmal sehr still im Bus. In diese Stille hinein sagt Moon:

»Danke.«

Nichts von dem, was Gustav jetzt antworten könnte, wäre ihrem Löwenauftritt ebenbürtig. Deswegen beschließt sie, das Brüllen noch ein bisschen nachwirken zu lassen. Sie sagt gar nichts und guckt stattdessen aus dem Fenster. Und Moon guckt aus seinem Fenster. Nicht weit vor Gustavs Haltestelle steht Moon auf. Er nimmt seine Skateboard-Konstruktion vom Sitz neben sich, steht auf, bleibt kurz im Gang stehen.

»Bis dann.«

Seine Stimme klingt weich und kratzig zugleich. Als er lächelt, fällt ihr auf, dass er eine große Zahnlücke zwischen den beiden Vorderzähnen hat.

Zu Hause setzt Gustav sich auf die Treppenstufen vor dem Haus und legt den Kopf auf ihre Knie. Sie denkt an Moon. Daran, wie er sie angelächelt hat. An seine Zahnlücke. Durch die kann man bestimmt gut pfeifen. Ob das eine Verabredung war, dieses »Bis dann«? *Bis dann* ist doch ein bisschen wie *bis morgen.* Je länger sie darüber nachdenkt, desto sicherer ist sie sich, dass es eine kleine Verabredung zwischen ihr und Moon gibt. Eine Verabredung, zu der sie selbstverständlich nicht hingehen wird! Denn genau wie die Erbsen sind Verabredungen mit Jungs der Anfang vom Ende. Der direkte Eintritt in die Pubertät.

Süßer Blütenduft zieht mit einem Windstoß herüber und steigt Gustav in die Nase. Der Geruch ist warm und dunkel. Es überkommt sie ein Zittern. Aber kein unangenehmes. Ein Schauer eher. So ein Versprechen, dass etwas Besonderes passieren wird in diesem Sommer. Etwas, das sich schon jetzt in ihre Richtung aufgemacht hat. Und auch, wenn sie es nicht sehen kann und nicht weiß, was es ist, ist es doch schon spürbar.

7

Gustav erwacht von Ramonas spitzem Schrei.

Müde dreht sie sich auf die andere Seite. Eine Mücke hat sie mit ihrem schrillen Gesang direkt neben ihrem Ohr die halbe Nacht wach gehalten. Versuchsweise zieht Gustav die Decke über den Kopf, doch Ramonas Geschrei kann sie damit nicht entgehen, und deswegen beschließt sie aufzustehen.

Im Flur steht Ramona anklagend vor Erik. Sara steht ratlos daneben.

»In Dänemark wäre es egal, aber hier kann ich damit auf keinen Fall raus!«

»Jetzt aber mal langsam. Ihr wolltet nicht mit mir alleine wegfahren«, sagt Erik.

»Ich bin gefangen in meiner eigenen Wohnung!«, jault Ramona auf. Tränen laufen jetzt ihre Wange hinunter.

»Aber warum denn?« Erik wirft Sara einen hilflosen Blick zu.

»Darum!«, brüllt Ramona und hält ihm eine Gesichtshälfte, also die mit den zwei roten Punkten, hin.

»Jetzt reicht es aber mal. Ich lasse mich von dir nicht anschreien. Wegen nichts!« Erik wird jetzt auch ein bisschen wütend.

»Ihr seid an allem schuld!«, faucht Ramona. »Und jetzt fällt auch noch die Kack-Party aus. Weil Leos Kack-Eltern doch hierbleiben. Das Einzige, worauf ich mich gefreut habe! Und wir sitzen hier.«

»Dafür kann ich ja nun auch nichts, dass eure Party ausfällt«, sagt Erik.

»Doch, kannst du! Du und Iris, ihr seid so zum Kotzen!«

Bevor Erik noch etwas sagen kann, schiebt Sara ihn in die Küche. Gustav läuft hinterher. Erik tigert vor dem Küchentisch auf und ab. Mit seiner Aufmerksamkeit ist er im Flur. Von dort aus brüllt Sara.

»Wir rufen jetzt Mama an und sagen ihr, wie schlecht es Ramona geht.«

Erik stürmt jetzt wieder hinaus aus der Küche.

»Das macht ihr nicht. Das können wir wunderbar ohne Iris regeln!« Er greift nach dem Telefon in Saras Hand.

»Zu spät. Wählt schon.« Sara drückt das Telefon fest gegen ihr Ohr. Erik lässt die Hand sinken und schnappt nach Luft.

Erst tutet es für alle hörbar am anderen Ende der Leitung, dann hellt Saras Gesicht sich auf.

»Hi, Mama. Ich bin es, Sara … Nein, nichts ist okay. Ramona will dich sprechen.« Sara reicht den Hörer an die schniefende Ramona weiter.

»Ich habe vielleicht Akne, Mama.« Ramona bricht erneut in Tränen aus.

Am anderen Ende hält Iris offenbar einen langen Vortrag, der Ramona zu missfallen scheint. Jedenfalls zieht sie, während sie zuhört, die Stirn in Falten und sieht alles andere als zufrieden aus.

»Mama, hast du eigentlich zugehört, ich habe überall Pickel im Gesicht! Keine Ahnung, welche Frequenz Walgesänge haben!«, sagt sie.

Ramona hält den Hörer jetzt theatralisch von ihrem Ohr weg. Durch den Hörer hört man Iris' Stimme.

»Die quatscht wirren Hippiekack«, zischt sie Sara zu. Sara übernimmt bereitwillig wieder den Hörer.

»Du, Iris, ich bin es, Sara.«

Iris Vortrag scheint weiterzugehen.

»Ja, klar. Mach ich.« Sara verdreht die Augen. Erik lehnt mit glasigem Blick im Türrahmen zur Küche und starrt auf den Telefonhörer wie Sand auf einen Knochen.

»Okay, ja, die steht hier.« Sara reicht den Hörer an Gustav weiter.

»Gustav, meine Süße, wie geht es dir?«, ruft Iris.

»Gut.«

Im Hintergrund rauscht es. Gustav denkt erst, dass das das Meer ist, aber dann schreit Iris.

»Gustav, hörst du mich? Die Verbindung ist so schlecht.«

»Ja, Mama, ich höre dich.«

Erik hat jetzt angefangen, Gustav seltsame Zeichen zu senden. Er fuchtelt mit der Hand, bewegt die Lippen.

»Ich komme gleich, Maren! Bestell mir schon mal einen Rotwein mit«, schreit Iris. »Hast du schon was mit deinem Ferienpass unternommen?«

»Ja.«

Dann ruft Iris: »Maren? Ich nehme auch noch so ein Sandwich! Bin wieder dran.«

»Ich war beim Freibad«, erzählt Gustav.

»Toll! Das ist doch super!«

Eriks Zeichen werden lesbarer. Er hält die Hand wie einen Hörer ans Ohr, und seine Lippen formen den Namen *Iris*, dann deutet er auf sich selbst. Gustav macht Erik ein Zeichen, dass sie verstanden hat.

»Du, Mama? Papa …«

»Süße, heiter doch mal deine große Schwester auf. Die ist ja völlig außer Rand und Band. Haben die denn gar nichts zu tun? Ramona muss sich mal vor Augen führen, dass das nur ein Pickel ist. Du bist doch da ein bisschen vernünftiger. Ich muss jetzt mal Schluss machen.«

»Warte, Mama, Papa will …«

Im Hintergrund hört Gustav jetzt Marens Stimme, dann wieder Iris.

»Ruft mich bitte nicht so oft auf dem Handy an. Ist auch so teuer. Ihr macht das schon. Also dann. Ciao. Grüße an Ramona und Sara.«

Dann tutet es in der Leitung.

Erik steht jetzt direkt neben Gustav und hält die Hand hin, in Erwartung des Hörers.

»Aufgelegt.«

Erik lässt seine Hand sinken. Er dreht sich um und schleicht mit hängenden Schultern in Richtung seines Zimmers.

»Grüße von Maren!«, ruft Gustav ihm noch hinterher.

Sand erweist sich bereits nach zwei Fahrten als versierte Busfahrerin. Aufmerksam, aber unaufgeregt betrachtet sie die Stadt von oben, die Nase an die Scheibe gepresst.

Ob Moon wohl im Freibad sein wird? Er soll bloß nicht denken, sie seien verabredet. Es ist einfach nur so, dass Gustav der Gedanke daran, den Tag in der Wohnung zu verbringen mit niemandem als Sand als Verbündeten, schlicht unerträglich erscheint. Kaum hatte Iris aufgelegt, ist Erik direkt wieder in den Anti-Erik-

Zustand gefallen. Auf Gustavs Ankündigung, dass sie ins Freibad geht, hat er nur müde den Kopf gehoben und Gustav mit leerem Blick angesehen.

»Klar. Nimm dir Geld aus der Haushaltskasse. Für Eis und so. Du weißt schon.«

Gustav fährt also nur zum Freibad, weil das immer noch besser ist, als zu Hause zu sein.

Okay, sie kann nicht reingehen. Wegen Sand. Und den Erbsen. Vielleicht geht sie auch nur ein Eis essen. Überhaupt gibt es niemanden, vor dem sie sich rechtfertigen muss. Niemanden, vor dem sie sich rechtfertigen muss, und auch niemanden, mit dem sie verabredet ist. Alleine zu sein, bedeutet auch, tun und lassen zu können, was man will.

Gustav sieht Moon schon von weitem.

Genau wie am Tag zuvor streunt er zwischen den Fahrradständern rum, sammelt Flaschen auf und stellt sie in seine Skateboard-Karton-Konstruktion.

Als er in ihre Richtung guckt, versteckt Gustav sich rasch hinter einer Mädchengruppe. Moon hat sie aber schon gesehen, hebt die Hand und winkt. Gustav winkt kurz zurück und beschließt, sich erst mal ein Eis zu holen.

Vor der Eisdiele ist eine lange Schlange. Direkt vor Gustav steht Line und sieht verquollen aus. Als sie Gustav und Sand sieht, verzieht sich ihr Mund zu einem Lächeln, doch ihre Mundwinkel zittern verdächtig.

»Wie geht's«, erkundigt sich Gustav, obwohl es sie nicht wirklich interessiert.

»Jerome hat Schluss gemacht. Gestern Abend. Einfach so.«

Line wird von einer Welle von Tränen, Schluchzern und Schnodder überrollt. Irgendwie tut sie Gustav leid. So sehr, dass Gustav sich kurzentschlossen vor sie schiebt und ihr eine Kugel Karamell in der Waffel mitbestellt. Line schluchzt und nimmt das Eis wortlos entgegen. Es scheint zu wirken. Nachdem Line die Hälfte gegessen hat, schluchzt sie nicht mehr ganz so sehr und setzt sich neben Gustav auf eine Bank. Als sie bei der Waffel angekommen ist, zieht Line die Nase hoch und verkündet: »Blödmann!«, sucht mit roten Augen Gustavs Bestätigung.

»Klar. Blödmann!«, wiederholt Gustav.

»Hat der Hund immer noch Flöhe?«, schnieft Line jetzt, und Gustav schüttelt den Kopf.

»Wir haben gestern eine Flohkur gemacht.«

Line drückt ihren Kopf in Sands Fell.

»Ich hätte auch so gerne einen Hund«, sagt sie.

Aber welcher Hund will dich schon haben, denkt Gustav, aber das ist auch gemein, denkt sie im gleichen Atemzug, denn Line ist eigentlich gar nicht so doof. Sie ist eigentlich ganz okay.

Deswegen ist es auch gar nicht so schlimm, dass Line sich einfach anschließt, als Gustav wieder zum Freibad aufbrechen will.

Auf dem kurzen Weg dorthin erfährt Gustav wirklich alles über Jerome: Was er gerne isst (Pizza mit Salami), welche Hosen er trägt (tiefsitzende Jeans), wie seine Mutter heißt (Greta), was er an Line mochte (ihr Lachen, ihre Sommersprossen am Rücken, den Geruch ihrer Bodylotion), aber vor allem weiß sie, was Line an ihm eigentlich nie mochte und warum sie froh ist, ihn los zu sein. Line fallen alle, aber auch wirklich alle Eigenschaften ein, die an Jerome unerträglich sind. Jerome ist ein ganz und gar egozentrischer Typ, selbstmitleidig und unsensibel. Nie hat er sich wirklich für Line interessiert. Seine Turnschuhe sind geschmacklos, und den Anblick seiner schiefen Nase findet Line ekelhaft. Gustav muss gar nichts dazu sagen. Sie muss nur ab und an nicken. Anina würde sich bestens amüsieren, wenn sie wüsste, dass Gustav sich freiwillig Lines Jerome-Monolog anhört. Na ja, halb freiwillig. Je vernichtender Lines Kritik wird, desto besser wird ihre Laune und desto farbenfroher werden ihre Beschreibungen von all den Dingen, die sie an Jerome nicht mag.

Vor dem Freibad verkündet Line:

»Andere Mütter haben auch schöne Söhne!«

Sie fällt Gustav um den Hals und schnieft noch einmal abschließend, weil es so gutgetan hat, mit Gustav zu sprechen, und weil Jerome, dessen Name Line jetzt ausspuckt wie etwas, das sie sehr schnell loswerden möchte, es wirklich nicht wert ist.

»Voll nett von dir, dass du mir zugehört hast! Weißt du, es ist einfach cool, mal mit jemandem zu reden, der mit Jungs wirklich nichts am Hut hat.«

Über Lines Schultern hinweg sieht Gustav genau in diesem Moment erst Moon an der Bushaltestelle stehen und dann den Bus um die Ecke kommen, und plötzlich hat sie es ziemlich eilig.

»Muss los!« Gustav winkt Line noch kurz zu, dann rennt sie zum Bus.

»Nanana, nicht so hastig, junge Frau!«, raunzt der Busfahrer Gustav an, als sie mit einem großen Schritt in den Bus springt und Sand fast an der Stufe hängen bleibt. Hinter dem Fahrer fällt Gustav förmlich in Moon rein, der dort stehen geblieben ist und sie ansieht.

Gustav versucht, ein Überraschtsein in ihr »Hi« zu

legen. So eine leichte Verwunderung, dass Moon sich in genau diesem Bus befindet. Aber es gelingt ihr nur so halb, und sie spürt, wie ihr die Hitze ins Gesicht schießt. Dabei ist sie nur hier, weil sie Line abhängen wollte. Wer weiß, wie lange das noch gegangen wäre mit Jerome, den Gustav schon nach einer Stunde in- und auswendig kennt. Hintereinander steigen Gustav und Moon die Treppe zum Oberdeck hinauf. Sie laufen zu den vordersten Plätzen, Gustav und Sand ganz vorne links, Moon vorne rechts. Der Bus fährt los. Gustav hat das dringende Gefühl, das sie etwas sagen sollte, aber ihr fällt nichts ein. Moon scheint auch nichts einzufallen, oder vielleicht will er auch gar nicht mit ihr reden. Er guckt auf jeden Fall aus dem Busfenster und nicht zu Gustav. Je länger er schweigt, desto unsicherer ist Gustav sich, ob er gestern im Bus wirklich sie angelächelt hat. Vielleicht war das nur ein Versehen. Vielleicht hat er aus Versehen gelächelt. Hat er überhaupt gelächelt? Eigentlich sollte Gustav das alles egal sein. Soll er doch stumm dasitzen. Was kümmert sie das. Sich Gedanken über das rätselhafte Verhalten von Jungs zu machen, das überlässt Gustav lieber Paula und ihrer Clique. Mit solchen Dingen hat Gustav nichts zu tun. Doch Moons Schweigen lässt sich nicht wegdrücken. Es ist ein dunkles Meer, in dem Gustav die Orientierung verliert und fürchtet, unterzugehen.

»Echt heiß heute. Ich habe gerade Line getroffen, sie geht in die Parallelklasse. Fahrt ihr noch in Urlaub?«

Gustav spuckt Sätze aus, die wie Bojen in dem Schweigemeer treiben. Keiner dieser Sätze führt irgendwohin.

»Mein Vater und meine Mutter wollen Abstand voneinander. Erik hat ein Diagramm über seine Beziehung zu Iris gemalt. Wir fahren deswegen nicht in Urlaub dieses Jahr.«

Gustav weiß nicht, warum sie das sagt. Noch bevor sie nachgedacht hat, ist dieser Satz aus ihrem Mund und direkt vor Moons Füße gefallen. Er schaut sie jetzt an, und sie kann sehen, dass er ihr zuhört.

»Sonst waren wir immer zusammen mit dem Camper in Dänemark. Das war manchmal anstrengend und eng, aber irgendwie auch gemütlich.«

Moon nickt, und das Blau seiner Augen ist im Licht der Nachmittagssonne ganz klar, fast wie Glas. Dann sagt er:

»Sommerferien in der Stadt können ganz schön einsam sein.«

Und dann gucken sie beide aus dem Fenster. Aber nicht mehr jeder zu seiner Seite, sondern beide nach vorne. Die Stadt zieht an ihnen vorbei, und die Straßen sehen von hier oben ein bisschen aus wie in den Wimmelbüchern, die Gustav früher mit Erik angeschaut hat. Überall gibt es kleine Geschichten. So viele gleichzeitig. Ob Moon dieselben wie sie entdeckt? Das Schweigen, das jetzt zwischen ihnen ist, ist nicht mehr dunkel und voller Fragen Es ist leicht und wissend, und es gibt nichts, was weiter gesagt werden müsste. Gustav spürt mit einem Mal eine große Müdigkeit. Das Gefühl ist angenehm. Sie beschließt, für einen Moment die Augen zu schließen. Nur ganz kurz.

»Endhaltestelle. Bitte alle aussteigen.«

Gustav schreckt aus ihren Träumen, die eher Farben als Geschichten ähneln. Verwirrt sieht sie erst aus dem Fenster und dann zu Moon, der immer noch neben ihr sitzt und fast ein bisschen schuldbewusst klingt, als er sagt:

»Ich wusste nicht, ob ich dich wecken soll.«

Sie sind die Letzten, die den Bus verlassen. Der Busfahrer schließt die Türen hinter ihnen, legt die Beine hoch und wickelt ein dick belegtes Brot aus. Er guckt demonstrativ nicht zu Gustav und Moon. Wahrscheinlich hat er Angst, dass sie nicht wissen, wo sie hier sind, und er seinen Feierabend darauf verwenden muss, sie nach Hause zu fahren. Und vielleicht hat er damit recht. Zwar weiß Gustav, in welche Richtung sie muss, aber wie sie Sand den langen Weg nach Hause bekommen soll, das weiß sie nicht.

»Ich muss hier lang.«

»Ich da.«

»Okay, dann.«

Moon bleibt stehen, als warte er auf etwas. Gustav macht unschlüssig einen Schritt in seine Richtung. Doch schon nach dem zweiten Schritt lässt Sand sich auf den Boden fallen, wo sie liegen bleibt und hechelt. Gustav kniet sich zu ihr hin und legt die Hand auf ihren Bauch, der schnell auf und ab geht. Sands ganzer Körper zittert vor Hitze und Anstrengung, und Gustav fällt auf, das Sand seit heute morgen nichts mehr zu trinken bekommen hat.

Sie holt ihre Wasserflasche aus dem Rucksack. Die Flasche ist fast leer. Gustav kippt den Rest Wasser in ihre hohle Hand. Eigentlich hasst Sand Kohlensäure, aber jetzt trinkt sie gierig, bis Gustavs Hand leer ist. Danach hechelt sie weniger, steht aber immer noch nicht auf. Gustav kann Sand unmöglich die ganze Strecke bis nach Hause tragen. Moon kniet sich neben Gustav und streichelt über Sands Kopf.

»Ich kann sie auf dem Board ziehen.«

»Ist aber weit.«

Moon zuckt mit den Schultern.

»Ich habe Zeit.«

Gustav hievt Sand in den Karton, und nach den ersten Augenblicken, in denen Sand sich aufgeregt versucht, im Kreis zu drehen und dabei gegen die Pappwände stößt, beruhigt sie sich und thront stolz in ihrem Gefährt. Den Kopf hoch erhoben, die Ohren gespitzt, wirft sie Blicke nach links und rechts wie eine Königin von ihrem Wagen. Fehlt nur noch, dass sie winkt.

Vorsichtig zieht Moon das Skateboard hinter sich her, lenkt es geschickt um die unebenen Pflastersteine herum, damit der Wagen der Hundekönigin nicht ins Schleudern kommt. Langsam fällt Gustavs Müdigkeit von ihr ab, und sie bekommt Lust zu hüpfen. So wie sie und Anina als Kinder immer gehüpft sind, quer über den Bürgersteig von einem Bein auf das andere springend. Gustav und Moon nehmen eine Abkürzung durch eine Schrebergartensiedlung. Hier duftet jeder Garten anders. Die Düfte der Gärten legen sich ineinander. Der Geruch eines frisch gesprengten Rasens legt sich unter den von Sonnencreme und Grillkohle, und durch alles zieht sich der Duft der Flammenblumen. Über ihnen kreisen die Mauersegler und stoßen ihre schrillen Schreie aus.

»Manchmal im Sommer habe ich das Gefühl, ich bin so voll mit Wärme und Gerüchen, dass es sich anfühlt, als ob ich gleich platze«, sagt Moon.

Gustav nickt.

»Ja, es fühlt sich an, als wäre man so eine Kapsel vom Springkraut. Eine, die man nur einmal antippen muss, und dann zerspringt sie in alle Richtungen.«

Moon grinst.

»Stimmt. Als wäre man eine dicke, fette Springkrautkapsel.«

Gustav sieht Moon von der Seite an. Seine langen dunklen Wimpern und die Nase, die genau die richtige Größe hat für sein Gesicht. Seine Haare haben die Farbe von Weizen. Gustav denkt, dass Moons Gesicht anders ist als andere Gesichter, die sie bisher gesehen hat. Nichts erscheint ihr zufällig oder unwichtig.

Moon bringt Gustav und Sand bis vor die Haustür. Nachdem sie sich verabschiedet haben, sieht Gustav ihm nach, wie er die Straße hinuntergeht. Wenn er geht, dann sieht das fast so aus, als würde die Schwerkraft aussetzen, so leichtfüßig bewegen sich seine abgewetzten Turnschuhe über den Asphalt, während sein Skateboard unter Geklapper hinter ihm die Straße hinunterrollt.

Im Hausflur trifft Gustav Erik. In der Hand hält er Milch und Tiefkühlpizza. Das ist ungewöhnlich, denn für so Essen wie Tiefkühlpizza ist eigentlich Iris zuständig. Erik behauptet, dass der Anblick von solchen Pizzen den Italiener in ihm in eine Depression stürze.

»Und, wie war es im Freibad?«

»Gut.«

»Hast du jemanden getroffen?«

»Nein.«

Schweigend laufen sie die Treppen hoch. Kaum haben sie die Tür zur Wohnung geöffnet, hören sie Saras Stimme aus ihrem Zimmer.

»Kein Wunder. Wir haben ja auch überhaupt kein männliches Vorbild.«

Über den Flur hinweg unterhält sie sich mit Ramona, die offensichtlich im Bad ist.

»Aber dass er so ein Loser ist!«

»Ich wünschte echt, ich wäre von einem anderen Vater!«

»Nee, komm, das ist krass.«

»Doch. Erik kriegt nichts hin.«

»Und die schlechte Haut hast du auch von ihm.«

»Stimmt!«

Man hört die Klospülung. Dann geht die Dusche an. Erik steht wie angewurzelt in der Tür.

»Du, Papa, ich habe Hunger.«

Gustav schiebt Erik weiter in den Flur hinein und

haut die Tür hinter ihm so laut zu, dass Sara und Ramona nicht überhören können, dass sie da sind.

Erik hat sich Mühe gegeben, das kann Gustav sehen. Er hat ein paar Kerzen angezündet, so wie Iris das immer macht, und das verschrumpelte Basilikum vom Fensterbrett auf den Tisch gestellt.

Als Gustav sagt, dass die Pizza gut schmeckt, sieht er sie mit großen Augen an.

»Es ist ja nur Tiefkühlpizza.« Eriks Stimme ist belegt.

Gustav nimmt ein drittes Stück.

»Sie schmeckt aber besonders gut, wenn du sie machst. Echt! Alles, was du kochst, schmeckt richtig gut.«

Erik nickt traurig.

»Danke, Gustav.«

Entweder Sara und Ramona haben keine Ahnung davon, dass Gustav und Erik sie vorhin hören konnten, oder es ist ihnen egal. Auf jeden Fall stürmen sie in die Küche, drehen das Radio laut, lassen sich auf ihre Stühle fallen, als wäre nichts gewesen.

»Warum sagt ihr uns nicht Bescheid!«

Ohne zu fragen, ob Gustav oder Erik noch etwas wollen, stürzen sie sich auf die restlichen Pizzastücke.

»Die sind ja schon voll kalt.«

»Danke, Mann!«

Erik sieht die beiden an. Traurig und ein bisschen fassungslos. Gustav würde jetzt gerne seine Hand nehmen, um ihn daran zu erinnern, dass Sara und Ramona sich in dem menschenfeindlichen Ausnahmezustand Pubertät befinden und, dass sie, Gustav, auch noch da ist. Ganz in seiner Nähe und bei vollem Verstand. Sie würde zu gerne seine Hand drücken und ihm damit sagen, dass sie sich keinen anderen Vater wünscht. Aber sie sitzt zu weit weg.

Erik hat den Blick immer noch nicht von Ramona und Sara abgewendet, die den Mund voller Pizza haben und so kauen, dass man den Zustand der Pizza in ihrem Mund genau verfolgen kann. Jetzt angelt Sara sich auch noch das letzte Stück und schiebt es sich quer in den Mund, und als sie es runtergeschluckt hat, verkündet sie:

»Selbstgemachte Pizza hätte ich besser gefunden.«

»Was?« Eriks Stimme klingt scharf. Er sitzt jetzt ganz gerade auf seinem Stuhl. Ein bisschen wie eine Rakete vor dem Abschuss.

»Was hast du gesagt?«

»Es wäre geiler gewesen, wenn du frische Pizza gemacht hättest.«

Und Ramona fügt hinzu:

»Du hast doch sonst nichts zu tun.«

»Jetzt reicht es mir.«

Erik steht abrupt auf, schiebt den Stuhl nach hinten, der dabei umfällt und krachend auf den Boden kippt. Ramona und Sara sehen ihm ungläubig hinterher, als er ohne ein weiteres Wort die Küche verlässt.

Als Gustav später im Bett liegt, kann sie durch einen Spalt im Vorhang den Mond sehen, der heute müde und verwaschen aussieht. Kein Wunder. Irgendwie muss er sich auch einsam fühlen da oben. Ganz allein unter Sternen.

8

Es liegt etwas in der Luft. Gustav bemerkt es schon, als sie aufwacht.

Erik steht in der Küche. Seine Haare sind noch nass vom Duschen, und er hat sich seit langem das erste Mal rasiert. Die Küche riecht nach Rührei und Aftershave. Sara ist schon wach, sitzt am Tisch und beobachtet Erik mit hochgezogenen Augenbrauen. Als Gustav in die Küche kommt, wirft sie ihr vielsagende Blicke zu. Erik serviert Tomaten-Petersilie-Rührei, Kaffee mit viel Schaum für Sara und Kakao für Gustav.

»Heute Abend bin ich nicht da, da müsst ihr euch mal selbst um euer Essen kümmern.«

Erik macht einen wichtigen Gesichtsausdruck und wartet ganz offensichtlich darauf, dass man ihn fragt, was er denn vorhat.

»Was machst du denn«, erkundigt sich Gustav also pflichtbewusst.

»Ich mache einen Überraschungsbesuch bei Plattenladen-Robert!«

Plattenladen-Robert ist ein alter Freund von Erik. Ein Freund aus der Zeit, als Erik noch nicht der Erik war, der jeden Morgen und jeden Mittag in der Küche steht und abends die Wäsche macht und das Chaos in der Wohnung beseitigt. Gustav kennt ihn von früher, als sie noch klein war. Da hat Robert oft bei ihnen auf dem Sofa gesessen, Zigaretten gedreht und mit Erik Platten gehört. Wenn es noch nicht so spät war, durfte Gustav bei Erik auf den Schoß sitzen. Es wurde wenig gesprochen. Nur manchmal sagte einer von ihnen:

»Hast du das gehört, das ist einmalig in der Musikgeschichte.«

»Jetzt kommt *der* Beat!«

Die beiden sind auch viel *um die Häuser gezogen*, aber das war noch viel früher. Also noch vor der Sofa-Zeit. Wenn Erik heute davon spricht, bekommt er leuchtende Augen.

Robert kam dann immer seltener, je mehr Erik vom Musik-Erik zum Haushalts-Erik wurde. Den Plattenladen aber hat er immer noch. Und genau dorthin geht Erik heute Abend, und wer weiß, vielleicht ziehen sie dann noch um die Häuser. Erik kommt jetzt richtig in Schwung. Zu Hause soll auf jeden Fall keiner auf ihn warten. Falls was ist, bitte eine Nachricht schicken und nicht ständig wegen Nichtigkeiten auf dem Handy anrufen. Erst mal Augen und Ohren aufmachen und versuchen, das Problem alleine zu lösen.

»Entschuldige, Erik, aber so unersetzbar bist du hier auch nicht. Wir kommen gut einen Abend ohne dich aus«, sagt Sara.

»Dann ist ja alles gut. Wo ist eigentlich Ramona?«

»Beim Hautarzt.«

»Na, vielleicht kann der sie ja beruhigen. Wäre ja schön. Eingebildete Hautprobleme sind ja in den seltensten Fällen von den Eltern vererbt, sondern entstehen durch zu viel Pizza und zu viel Motzen.«

»Hast du irgendwas genommen?«

»Hör mal, Sara, wenn du nur darauf aus bist, Ärger zu machen, dann geh bitte vor die Tür und such dir da jemanden. Ich gehe jetzt einkaufen.«

Verwundert sehen Gustav und Sara Erik hinterher.

»Ein bisschen so, als hätte man ihm eine neue Batterie eingelegt.« In Saras Stimme schwingt auch Ehrfurcht mit.

Und ausnahmsweise muss Gustav ihrer Schwester recht geben. Als sie die Reste des Frühstücks abräumt, findet Gustav das Iris-und-Erik-Diagramm im Mülleimer. Sie zieht es aus den Frühstücksresten hervor, nimmt es mit in ihr Zimmer und stopft es dort unter ihr Bett.

»Die Ärztin hat gesagt, dass es Akne ist! Akne! Sommerakne!«, Ramona hat sich auf den Boden im Eingang zusammengekauert und schluchzt.

»Aber dann geht sie im Winter doch weg. Das ist doch gut!«, versucht Gustav sie zu beruhigen.

»Genau!«, fällt Sara ein.

»Winter ist doch noch ewig hin! Die Sonne macht das schlimmer! Ich kann nicht mal braun werden. Die ganzen Ferien sind im Eimer! Die Sonne ist ja überall! Ich kann nicht mehr rausgehen.«

Erik, Gustav und Sara stehen um die schluchzende Ramona herum. Nicht mal Sara weiß mehr, wie sie Ramona beruhigen kann.

»Ich kann nie mehr rausgehen! Überall diese scheiß Sonne!«

Das Telefon klingelt, aber niemand außer dem Anrufbeantworter geht ran.

»Ich bin es, Iris! Gustav? Sara! Ramona! Ich weiß, dass ihr um die Zeit noch nicht alle aus dem Haus seid. Geht doch mal bitte ans Telefon!«

Ramona hat aufgehört zu schluchzen. Alle schauen zum Telefon. Niemand geht dran.

»Mädels, ich wollte mal hören, wie es euch geht. Meldet euch doch mal. Wir können auch mal skypen. Ich will euch mal wieder sehen. Tschüss!«

»Jetzt vermisst sie uns auf einmal doch«, schnieft Ramona.

Als Gustav vor dem Freibad ankommt, hat Moon schon den ganzen Karton mit Flaschen voll.

»Ich muss heute früher nach Hause. Yella ist krank, und ich muss noch einkaufen gehen.«

»Yella?«

»Meine Mutter.«

»Was hat sie denn?«

»Stimmungen.«

Gustav weiß nicht, was sie darauf sagen soll. Für Grippe und Magenvirus hätte sie Tipps gehabt, aber Stimmungen hat sie noch nie gehabt. Moon sammelt noch ein paar letzte Flaschen ein, dann kommt er wieder zu Gustav. Sie schweigen ein bisschen, dann zieht er laut die Nase hoch und sagt, in eine unbestimmte Richtung:

»Du könntest mitkommen.«

Erst ist Gustav sich gar nicht so sicher, ob er mit ihr spricht, aber dann zieht er die Nase noch mal hoch, schaut sie an und sagt:

»Du könntest mitkommen. Im Supermarkt gibt es Knisterkaugummi.«

Es macht Spaß, die Flaschen in den Pfandautomaten zu stellen. Dieser Automat ist ein gefräßiges Tier, das am Ende seiner Mahlzeit einen Bon wie einen Rülpser ausspuckt. Gustav kennt das natürlich, aber mit Moon ist Pfandflaschen wegbringen lustiger als mit Iris oder Erik. Überhaupt ist es ziemlich gut, ohne Erwachsene einkaufen zu gehen. Sie nehmen einen von den ganz großen Einkaufswagen. Der bewegt sich so leicht über den glatten Boden, dass man aufpassen muss, dass er einem nicht aus der Hand rutscht und alleine durch den Supermarkt rollt. Moon ist ein richtiger Supermarktspezialist. Gustav kennt sich eigentlich nur in den Regalen mit den Süßigkeiten aus, und da auch nicht so richtig, weil Erik seine Süßigkeiten-Prinzipien hat, was nichts anderes bedeutet, als dass er bestimmt, was gekauft wird. Iris hat keine Prinzipien, geht aber auch nicht in die großen Supermärkte, da bekommt sie *Zustände.* Moon kennt nicht nur die Regale mit den Süßigkeiten. Er weiß, wo die längsten Spaghetti stehen, das weichste Toastbrot und die beste Tomatensoße. Sie kaufen Salat, Gemüse, Saft, Spaghetti, Tomatensoße, Äpfel und Bananen, mehrere Packungen Knisterkaugummi und einen XXL-Senioren-Kauknochen für Sand. Die Verkäuferin an der Kasse guckt grimmig, als sie Moon mit dem Einkaufswagen kommen sieht.

»Biste sicher, dass das Geld heute reicht?«, motzt sie.

»Denke schon«, antwortet Moon.

»Na, denken. Denken! Ob das reicht? Nicht, dass ich die Hälfte wieder in die Regale einsortieren kann. An Arbeit fehlt es mir nämlich nicht, junger Mann.«

Dann zieht sie die Einkäufe über das Band, und Moon packt die Sachen in eine Tüte. Und als die Verkäuferin den Preis nennt, holt er eine Menge Kleingeld aus seiner Hosentasche.

»Ach, jetzt wieder das Prozedere«, mault die Verkäufern.

Moon lässt sich dadurch nicht verunsichern und zählt in aller Ruhe das Geld ab. Als er fertig ist und ihr das Geld hinlegt, sagt er:

»Kleingeld können Sie doch bestimmt immer gebrauchen!«

»Da haste auch wieder recht«, brummt sie und sieht jetzt fast freundlich aus.

Sand, die voller Anspannung vor dem Supermarkt gewartet hat, pinkelt vor Freude auf den Boden, als Moon und Gustav rauskommen. Für sie ist es jedes Mal eine große Erleichterung, dass der Supermarkt Menschen erst einverleibt und dann doch wieder ausspuckt. Und zwar vollständig, mit allen Armen und Beinen. Noch mehr als über Gustavs und Moons Vollständigkeit freut sie sich aber über den stinkenden, mit Pansen gefüllten Kauknochen. Ihre Nase bebt vor Aufregung, als Moon den Knochen aus der Folie wickelt und ihn Sand feierlich überreicht. Der Kauknochen ist so groß, dass er zu beiden Seiten weit aus Sands Maul herausragt.

Auf dem Weg zu Moon nach Hause trägt Sand den Kopf hoch erhoben und genießt die gierigen Blicke der anderen Hunde. Sollen all die niedlichen Möpse und veganen Bulldoggen dieser Stadt, die bildschönen Huskys und auch die edlen Löwenjäger, sollen sie alle doch staunen. Nicht nur hat Sand den größten Knochen, den ein Hund sich vorstellen kann. Sie ist auch der einzige Hund, der auf einem Skateboard durch die Stadt gefahren wird!

Gustav und Moon lassen sich alle Packungen Knisterkaugummi nacheinander in den Mund rieseln, bis sie nicht mehr sprechen, nur noch knistern können.

Noch bevor Moon den Schlüssel ganz ins Schloss gesteckt hat, öffnet Yella die Tür. Gustav weiß auf den ersten Blick, dass sie sie mag. Yella trägt ihr Haar kurz und ein großes Männerhemd wie ein Kleid. Um die Hüfte ein Tuch. Jeder ihrer Fußnägel ist in einem anderen Blau lackiert. Wenn sie ihre Hände bewegt – und sie bewegt die Hände viel –, klimpern viele goldene Armreifen an ihrem schmalen Arm. In der Wohnung riecht es nach Holz und Blumen. Die Wohnung ist klein. Eigentlich ist es nur eine Küche, ein Bad und ein großes Zimmer, das in der Mitte durch einen dicken weißen Vorhang geteilt ist. Wenn man durch die Tür tritt, steht man erst mal in Yellas Bereich. Hinter dem Vorhang beginnt Moons Zimmer.

»Sobald ich mit dem Studium fertig bin und arbeite, ziehen wir um. Dann bekommt Moon ein eigenes Zimmer«, entschuldigt Yella sich, als sie Gustav die Wohnung zeigt.

Aber für diese Wohnung, findet Gustav, muss man sich gar nicht entschuldigen. Ganz im Gegenteil. Die Wohnung ist toll. Sie ist kleiner als die Wohnungen, die Gustav sonst so kennt, und trotzdem gibt es viel mehr zu entdecken. Moons Seite des Zimmers ist komplett vollgestellt. Wie ein Museum. Überall liegen Hölzer und Steine oder stehen Gläser mit kleinen Dingen darin. Aufkeimende Triebe, Sand und Muscheln. Das Unglaublichste aber ist die Zimmerwand hinter Moons Bett. Sie ist von oben bis unten voller Zeichnungen, manche bunt und großflächig, andere zart und mit Bleistift gezeichnet. Die Zeichnungen sind nicht auf Papier, sondern direkt auf die Wand gemalt. Ein bisschen wie Graffiti in der Wohnung. Iris würde ausflippen, wenn sie das sehen würde! Sie wird ja schon sauer, wenn Gustav, ohne zu fragen, einen Nagel in die Wand haut.

»Hast du das alles gemalt?«

Anstelle von Moon steht jetzt Yella neben ihr.

»Ja, das hat alles Moon gemalt. Das hat er von Michel.«

Gustav hat nicht die geringste Ahnung, wer Michel ist, aber sie möchte auf keinen Fall, dass Yella das merkt und denkt, dass sie keine Ahnung hat, deshalb nickt sie.

Im Zimmer von Yella liegen zwei Lammfelle am Boden und eine große Matratze. Neben der Matratze stehen halbvolle Wassergläser, und daneben liegen mehrere Tabletten-Packungen mit komplizierten Namen drauf. So sieht es neben Iris' Bett nur dann aus, wenn sie richtig krank ist, denkt Gustav. Als sie Gustavs Blick bemerkt, schiebt Yella die Packungen mit dem Fuß unter eines der Lammfelle und lächelt, aber ihre Mundwinkel zittern dabei.

»Schau mal,« sagt sie und deutet auf einen kleinen Tisch.

Auf dem Tisch stehen Kerzen und eine Menge Fotos aus dem Fotoautomaten. Moon und Yella, die Grimassen schneiden. Moon und Yella, die ihre T-Shirts hochziehen. Moon und Yella, die lachen.

»Wir kennen alle Fotoautomaten der Stadt. Wir sind süchtig danach«, erklärt Yella.

Sand steckt ihre Nase in alle Ecken. Mit Sicherheit wird hier nicht allzu oft gesaugt, denn Sand schnauft begeistert und bekommt ihre Nase gar nicht mehr vom Boden. Überhaupt sieht es nicht so aus, als ob hier manchmal geputzt wird. Auf dem Tisch liegt eine dicke Staubschicht, die Yella jetzt schnell mit der Hand wegwischt.

Es gib in Yellas Zimmer auch keine Bücherregale, dafür aber meterhohe Bücherstapel, die mitten im Zimmer und an den Wänden aufragen.

»Alles für die Uni. Hat Moon dir erzählt, dass ich immer noch studiere und der Arme mich immer abfragen muss?«

Gustav schüttelt den Kopf, sie kann nicht aufhören, Yella anzusehen. Alles an ihr ist so leicht und leise. Ihre Stimme, ihre Bewegungen und auch das Klimpern ihrer Armreifen.

»Philosophie und Geschichte. Moon weiß inzwischen mehr als ich.«

Und auf der Nase hat sie überall Sommersprossen, aber ganz helle, die man kaum sehen kann.

Gustav sieht Moon dabei zu, wie selbstverständlich er den Gasherd anmacht, Wasser für die Nudeln aufsetzt und Salat wäscht. Yella stellt Teller, Blumen und Besteck auf den Tisch, während sie in ihren Erzählungen über die Uni, die Wohnung oder Moons Kochkünste hin und her springt. Anfangs hat Gustav noch Mühe, ihr zu folgen, aber irgendwann wird es ganz leicht, mehr wie ein Gedankentanz, und wenn man einen Schritt auslässt, ist es auch nicht schlimm.

Sie essen alle zusammen an dem kleinen Tisch in der Küche. Yella stellt Sand auch einen Teller Spaghetti mit viel Tomatensoße hin, den Sand glücklich in sich hineinschlabbert. Yella fragt, wie lange Sand schon bei Gustav ist, und Gustav erzählt, dass Sand schon immer da war, solange sie denken kann. Sie erzählt auch davon, dass Sand im letzten Jahr anders geworden ist, und von der Pinkel-Wand erzählt sie auch. Davon, dass es an der Mauer Graffiti gibt, so ähnlich wie an Moons Zimmerwand. Und davon, dass die Wand für Sand wie eine Hunde-Zeitschrift ist. Eine, die sie trotz ihres Alters immer noch gerne liest.

»Sand ist also eine passionierte Wandleserin«, stellt Yella fest.

Gustav nickt.

»Eine passionierte Leserin und Pinklerin.«

Nachdem Moon abgewaschen und Yella und Gustav abgetrocknet haben, zieht Yella die Vorhänge zu und legt sich auf die Matratze. Sie scheint mit einem Mal ganz erschöpft. Als sie dort liegt, inmitten der ganzen Decken und Kissen, sieht sie wie ein kleines Mädchen aus, und Gustav kann sich gar nicht vorstellen, dass sie Urlaube bucht oder Haushaltspläne aufstellt, so wie Iris und Erik das manchmal machen.

»Du wolltest doch noch die Bücher für die Uni lesen.« Moons Stimme klingt vorwurfsvoll.

»Ja! Ich ruhe mich nur kurz aus. Ich bin so müde. Ich weiß auch nicht, warum.« Yella guckt zu Gustav und lächelt entschuldigend.

»Kommst du bald mal wieder, Gustav?«

Gustav nickt.

»Schön.«

Yella zieht Gustav zu sich, gibt ihr einen Kuss auf den Kopf, so einen federleichten, der dort noch den ganzen Abend sitzt und sich gut anfühlt und so zart ist, dass Gustav immer wieder dorthin fassen muss, um sicherzugehen, dass er noch dort ist. Moon kramt jetzt in einer Korbtasche, die neben dem Bett steht. Er zieht drei Bücher hervor und legt sie vor Yella aufs Bett.

»Oma solltest du auch noch zurückrufen. Ich habe ihr schon gesagt, dass du nicht zur Prüfung gegangen bist. Sie ist nur ein bisschen sauer.«

Yella nickt stumm.

»Ich bring Gustav noch zum Bus«, sagt Moon.

»Ja, mach das.« Yellas Stimme klingt auf einmal ganz leer.

Moon sucht mit seinen Blick den Boden vor dem Bett ab, und als er die Tablettenpackung entdeckt, die unter dem Lammfell hervorguckt, nimmt er sie und steckt sie in die hintere Hosentasche. Yella bemerkt das nicht. Sie starrt jetzt aus dem Fenster und scheint völlig vergessen zu haben, dass die beiden noch da sind.

Auf dem Weg zum Bus ist Moon sehr still. Gustav würde ihn gerne fragen, ob Michel sein Vater ist, aber sie traut sich nicht.

»Yella ist toll«, sagt Gustav stattdessen, und sie merkt richtig, wie ihre Stimme bei dem Namen Yella zittert. »Keine von diesen Brotdosenmüttern.«

Moon nickt.

»Ich mache mir Sorgen wegen den Stimmungen.«

Gustav weiß nicht, was sie sagen soll, und deswegen sagt sie erst mal nichts.

»Sie sind ein bisschen wie das Meer, nur dass es keine festen Zeiten für Ebbe und Flut gibt. Sie kommen und gehen, wie sie wollen.«

»Sind sie denn jetzt da?«, fragt Gustav.

»Wenn Yella sich tagsüber ins Bett legt, ist das ein Zeichen, dass sie kommen können. Und wenn sie abends alle Tabletten auf einmal nimmt, dann ist das auch ein Zeichen. Ein ziemlich sicheres sogar.«

Als Moon das sagt und Gustav dabei ansieht, sind seine Augen so blau und tief und traurig, dass Gustav so ein Gefühl hat, sie könnte hineinfallen in diese Traurigkeit. Und deswegen guckt sie schnell weg. Sie sieht Yella vor sich, wie sie dort im Bett sitzt und von den Decken fast aufgegessen wird, und sie kann sich vorstellen, dass Yella zwar keine Brotdosenmutter ist, aber eine, um die man sich Sorgen macht.

Als Gustav nach Hause kommt, ist Erik schon bei Plattenladen-Robert. Die Wohnung liegt komplett im Dunkeln. Ramona und Sara haben alle Fenster mit Bettlaken abgehängt.

»Aus Sonnenschutzgründen. Ramona hat Sommerakne, falls du es noch nicht weißt«, verkündet Sara mit dramatischer Stimme und lädt Gustav ein, auf ein paar Chips auf den Balkon zu kommen. Ramona hat ihr Gesicht mit brauner Farbe eingepinselt.

»Heilerde«, wie sie auf Gustavs Blick hin gereizt erklärt.

Der Balkon ist gar nicht mehr als solcher zu erkennen. Er ist vollständig mit Laken abgehängt. Eine stickige Höhle, in der es nach Chips und Sonnencreme riecht.

»Was ist jetzt eigentlich mit deinem Busen? Komm, iss mal was, dann wächst er besser.«

Sara fuchtelt mit der Chipstüte vor Gustav herum. Gustav läuft feuerrot an. Ihren Schwestern darf man einfach nicht vertrauen. Sie suchen immer eine Gelegenheit, Gustav zu ärgern.

»Mann, Sara!«, Ramona guckt ihre Schwester vorwurfsvoll an. »Ist doch gemein. Also ganz ehrlich, ich kann mich auch noch daran erinnern, wie es war, Busen zu bekommen.«

»Echt?«, fragt Gustav.

»Ja, ich erinnere mich noch, dass es richtig geziept hat und ich es peinlich fand, es Iris zu sagen.«

»Und dann?«

»Keine Ahnung, ging dann irgendwie weg.«

»Der Busen!« Kurz schöpft Gustav eine unsinnige Hoffnung.

»Natürlich nicht. Das peinliche Gefühl. Ich hatte dann eher so ein feierliches Gefühl.«

Gustav hätte gerne noch weiter über Ramonas Busen geredet, aber Ramona ist schon beim nächsten Thema, weil Sara ihr einen Block unter die Nase hält und sagt:

»Wo wir schon bei feierlich sind!«

Ramona räuspert sich.

»Genau, ja, wo wir schon beim Thema Feiern sind!«

Sara und Ramona haben beschlossen, die große Sommerparty bei ihnen zu Hause zu veranstalten.

Jetzt, wo Leos Eltern doch nicht wegfahren und die Party ausfallen wird. Es kann ja nun wirklich nicht angehen, dass die Sommerparty genau in dem Jahr, in dem Ramona und Sara in der Stadt sind, ausfällt. Das kann nun wirklich nicht sein. Zumal die Party dieses Jahr fundamental wichtig ist für Sara. Wegen Jörg. Keine weiteren Erklärungen dazu. Die Party muss also stattfinden. Und wo, wenn nicht hier? Natürlich muss Gustav absolute Verschwiegenheit garantieren. Kaum vorstellbar, dass Erik und Iris der Party zustimmen.

»Aber Erik und Iris fühlen sich ja eh nicht mehr zuständig für uns. Iris hat die Biege gemacht. Erik ist geistig nicht anwesend. Also können wir auch machen, was wir wollen.«

»Irgendeinen Vorteil müssen wir von der Midlife-Crisis ja auch haben.«

Das Argument leuchtet Gustav irgendwie ein. Es gibt nur ein Problem.

»Körperlich ist Erik aber da«, sagt Gustav.

Sara und Ramona seufzen im Chor.

»Ja. Das ist ein Problem!«

Gustav bekommt eine Nachricht von Anina. Ein Foto

von sich in der Brandung. Im Hintergrund sieht man einen schmalen, braungebrannten Arm. Wahrscheinlich Paulas.

»Hallo, Gusti. Alles super hier :)«

Mehr steht dort nicht. Gustav drückt auf Löschen. Sie fühlt sich ein bisschen wie eine Mutter, der man aus schlechtem Gewissen und um sie ruhig zu halten Nachrichten schickt.

Erik kommt erst lange nach Mitternacht wieder. Gustav, die zwischen Sara und Ramona auf dem Sofa eingeschlafen ist, schreckt auf.

»Und, wie war es so?«, fragt Ramona, als Erik ins Wohnzimmer kommt.

»Gut war es. Richtig gut.«

Schwungvoll öffnet Erik die Balkontür. Die Sommernacht wirft sich ins zuvor luftdicht versiegelte Wohnzimmer.

»Ein bisschen weniger Deo und Parfüm könnte nicht schaden. Habt ihr doch gar nicht nötig.«

»Was machen zwei mittelalte Männer wie ihr denn einen ganzen Abend lang?«, fragt Sara.

Erik lässt sich nicht ärgern. Heute nicht!

»Wir haben Platten gehört. Super war das. Genau wie früher. Robert, der hat einfach richtig Ahnung von

Musik. Der ist richtig drin in der Szene. Der veranstaltet sogar immer noch mein Festival in Brandenburg!«

»*Dein* Festival?« Sara hebt eine Augenbraue.

»Ja, wisst ihr doch: Ich habe mal mit den anderen Jungs ein Folk-Festival organisiert. Das habe ich euch doch schon so oft erzählt.«

»Mit den anderen *Jungs*?«

»War das auch *damals*?« Ramona und Sara gucken Erik mitleidig an.

»Da müsst ihr gar nicht so gucken. Das Festival gibt es immer noch! Und das Beste ist, es findet genau diese Woche statt. Wir können alle zusammen hinfahren!«

»Auf so ein Rentner-Festival?«

Ramona und Sara schnaufen verächtlich.

»Nee, danke, Erik.«

Erik winkt ab. Dann eben nicht. Aus den Hunderten von Platten im Regal zieht Erik zielgerichtet eine Platte heraus. Den Plattenspieler hat er seit Ewigkeiten nicht angerührt. Vorsichtig legt er die Nadel auf die Platte. Es knistert, dann knistert es noch mehr. Und dann erfüllt eine Stimme den Raum. »Here I am back home again.«

Eriks Gesicht hat jetzt einen Ausdruck angenommen, den man, denkt Gustav, wahrscheinlich mit dem Wort »verzückt« beschreiben würde.

»Ladys, Mr Tim Hardin!«

Ramona und Sara sehen erst Erik und dann einander an.

»I'm the family's unowned boy.«

Erik lauscht andächtig, das Ohr nah an der Box, und dann dreht er noch ein ganzes Stück lauter. Er legt sich flach auf den Boden. Die Augen geschlossen, die Arme weit von sich gestreckt.

»Hört euch das an, Mädchen. Das ist so zärtlich. Das ist Musik.«

Er spricht in Richtung der Decke, aber eben auch für ganz großes Radiopublikum. Ramona und Sara tippen sich an die Stirn. Sie machen Gustav ein Zeichen, dass Erik bestimmt etwas getrunken hat, und verlassen kichernd das Zimmer. Aber Gustav versteht Erik. Da ist etwas in Tim Hardins Stimme, das sich tröstend um einen legt.

»Wie eine warme Decke«, seufzt Erik, »unglaublich weich und voller Verständnis.«

Erik klopft jetzt neben sich auf den Boden. Gustav legt sich neben ihn und schnuppert ein bisschen in seine Richtung, kann aber nichts Verdächtiges riechen. Erik öffnet die Augen und sieht Gustav an.

»Gustav. Nichts berauscht so sehr wie Musik!«

Dann schließt er die Augen wieder, und Gustav tut es

ihm gleich. Vielleicht stimmt das. Vielleicht ist Erik einfach nur von der Musik betrunken. Tim Hardins Stimme ist so vieles: beruhigend und auch wehmütig. Und ein bisschen auch wie Moons Augen.

Ach, nein, denkt Gustav, das ist natürlich völliger Quatsch. Solche Dinge denken Mädchen wie Paula oder Line, aber doch nicht Gustav! Und dann denkt sie an Yella, an ihre Armreifen und an den Duft nach Holz, der in der Wohnung liegt. Sie denkt an die Büchertürme, Yellas Gedankentanz und an die Stimmungen, die hinter jeder Ecke warten, um Yella zu überfluten.

Sand kommt ins Zimmer gewackelt und fährt mit der nassen Zunge einmal quer über Gustavs Gesicht, bevor sie sich dann neben ihr fallen lässt.

9

Als Gustav morgens aus ihrem Zimmer kommt, läuft Erik, bepackt mit Platten und Büchern, durch die Wohnung. In der Wohnungstür steht ein Mann, groß, dünn, lange Haare, verwaschenes T-Shirt mit einem Skelett drauf. Es ist Robert, Gustav erkennt ihn sofort. Er sieht aus wie früher, nur dass seine Haare jetzt grau sind.

Ramona und Sara stehen in Hotpants im Flur, die Hände in den Hüften, und als sie Gustav sehen, verkündet Ramona: »Erik zieht aus.«

»Er zieht in den Camper«, fügt Sara hinzu.

»Stimmt das?«

Gustav dreht sich zur Wohnungstür, aber Erik ist schon das Treppenhaus hinunter.

Robert streckt Gustav seine vom kleinen bis zum großen Finger beringte Hand hin:

»Hi, Gustav. Long time no see.«

Seine Hand ist kalt, und durch den festen Händedruck drücken sich seine Ringe schmerzhaft tief in Gustavs Hand. Gustav ist froh, als er wieder loslässt.

»So wie deine Schwestern das jetzt verkünden, stimmt es natürlich nicht.«

Robert geht in Richtung Küche, Gustav hinterher. Robert schüttet sich einen Kaffee ein und lehnt sich an die Küchenzeile wie an eine Bar. Als er Gustavs Blick auf seinem T-Shirt bemerkt, grinst er.

»*Greatful Dead.* Habe ich aus San Francisco mitgebracht.« Dann nimmt er einen Schluck vom Kaffee und schlürft dabei. »Als ich dich das letzte Mal gesehen habe, warst du noch so klein.« Er deutet ungefähr die Höhe seines Knies an.

»Wie stimmt es denn?«, erkundigt sich Gustav.

Robert versteht erst nicht, wovon Gustav redet, aber dann geht die Wohnungstür auf, und man hört Erik pfeifen, und da erinnert Robert sich wieder und sagt:

»Ach so, das. Euer Vater zieht doch nur vorübergehend in den Camper. Der Mann ist ja völlig neben der Spur. Aber keine Sorge, ich bekomme den wieder hin.« Er kippt den Kaffee in großen Schlucken hinunter. »Die richtigen Songs, und schon läuft der wieder.«

»Der darf uns hier nicht alleine lassen, das ist Vernachlässigung Minderjähriger.« Ramona steht jetzt mit vorwurfsvollem Blick in der Küche.

»Mädels, der Wagen steht bei euch in der Straße! Euer Vater vernachlässigt euch nicht im Geringsten, nur weil er mal ein paar Nachmittage ohne euch verbringt. Seid doch froh, dann habt ihr die Bude für euch. Und ganz ehrlich, Erik braucht mal Zeit für sich. Der brennt euch sonst durch wie ’ne Glühbirne.«

Jetzt kommt Erik in die Küche. Er wischt sich den Schweiß von der Stirn und guckt entschuldigend zu Gustav.

»Der Camper steht da so ungenutzt, und deswegen dachte ich, ich richte mir da eine zweite Base ein.« So richtig überzeugt klingt er nicht.

»Base?« Sara verzieht die Stirn.

»Zweitwohnsitz«, erklärt Robert.

»Na ja, dann habe ich auch eine Art Urlaub. So wie andere Urlaub auf dem Balkon machen, mache ich Urlaub im Camper.« Erik wirkt irgendwie dazwischen. Also zwischen Roberts Schwung und seinem Anti-Erik-Zustand. Ziellos wandern seine Blicke durch die Küche.

»Wenn wir rechtzeitig losfahren, schaffen wir es noch in den Baumarkt, bevor ich den Laden aufmachen muss«, sagt Robert. Er klimpert mit den Schlüsseln in seiner Hosentasche. Als Erik sich nicht bewegt, nimmt er ihn am Arm und schiebt ihn zur Wohnungstür. Erik leistet keinen Widerstand.

»Die fahren mit Roberts Motorrad.« Sara hängt über der Balkonbrüstung und erstattet Bericht, während Ramona und Gustav im Schatten des Lakens sitzen.

»Nee!«

»Doch! Erik mit hinten drauf. Der hat richtig Panik und krallt sich an Robert wie ein Affe an einen Stamm. Peinlich!«

Sara erscheint wieder vor der Lakengardine.

»Das ist echt Midlife-Crisis!«

»Als ob es nicht eh schon krass ist, dass wir nicht in Urlaub fahren und die uns das so nebenbei zwei Tage vorher sagen. Eltern gehen gar nicht.«

»Ich meine, für uns ist es ja nicht mehr wichtig, wir sind ja sozusagen schon raus aus der Sache hier, aber du«, sie deutet auf Gustav, »bist ja noch klein. Nicht dass du als Erwachsene irgendwie komisch wirst.«

Ramona und Sara schauen Gustav an wie ein sehr bemitleidenswertes Objekt. Fast könnte man meinen, in ihren Augen wäre etwas wie Mitgefühl zu sehen. Aber das ist sicherlich Einbildung, denn wenn die Pubertät etwas gänzlich zugrunde richtet, dann ist es das Mitgefühl. Ihre Schwestern warten auf eine Reaktion, aber Gustav weiß nicht, auf welche. Wahrscheinlich irgendeine, die darauf hindeutet, dass Gustav schon jetzt damit anfängt, irgendwie komisch zu werden.

Sand kommt mit eingezogenem Schwanz ins Zimmer, und an der Tropfspur, die sie hinterlässt, sieht Gustav, was passiert ist.

»Nein! Sand! Raus!« Sara stürzt ins Zimmer und schubst Sand zurück in den Flur.

Ramona fuchtelt mit der Hand vor ihrem Gesicht herum.

»Mann, das stinkt so, dieses Senioren-Hundepipi!«

Es ist nicht das erste Mal in letzter Zeit, dass Sand nicht rechtzeitig Bescheid gibt und sich unter ihr eine kleine Pfütze bildet, die sie dann mit ihrem langen Fell in der ganzen Wohnung verteilt. Arme Sand, danach schämt sie sich immer sehr.

»Ist nicht schlimm«, tröstet Gustav sie, und weil sie weiß, wie sehr Sand es verabscheut, nass zu sein, wischt sie nicht nur den See mitten im Flur weg, sondern föhnt Sand danach auch noch trocken. »Siehst du. Ist gar nichts passiert.«

Sand sieht zu Gustav auf, wedelt fröhlich mit dem Schwanz, und Gustav hat das Gefühl, dass sie den Vorfall bereits vergessen hat.

»Weißt du, der kann jetzt ruhig ein bisschen zappeln.«

Line lehnt betont lässig an der Freibadmauer. Jerome hat sich gestern wieder bei ihr gemeldet. Und nicht nur das. Er hat sich heute extra freigenommen, um mit Line ins Freibad zu gehen, und jetzt platzt sie fast vor Freude.

»Der denkt jetzt, ich kriege mich nicht mehr ein vor Begeisterung, nur weil er mit ins Freibad geht, aber der hat keine Ahnung. Ich habe da echt eine Entwicklung durchgemacht in den letzten Tagen.«

Gustav nickt und sieht Line in Gedanken an Jeromes Hals hängen, sobald der einen seiner Sneakers auf den Fußboden gesetzt hat.

»Komisch, dass Glitzer heute gar nicht da ist«, wechselt Line das Thema.

Gustav weiß erst gar nicht, von wem sie spricht.

»Na, die Glitzerleggings, die immer Pfand sammelt.«

»Er heißt Moon«, sagt Gustav.

»Ist ja geil. Und seine Schwester Sun, oder was?« Line prustet und rückt ihr bauchfreies Top zurecht.

Gustav spürt eine kleine Wut in sich aufkommen:

»Er hat keine Schwester. Aber eine ziemlich coole Mutter.«

Line sieht Gustav mit hochgezogenen Augenbrauen an.

»Woher kennst du die denn?«

Gustav zuckt mit den Schultern.

»Findest du den gut, oder was?«

Gustav spürt, wie die Hitze ihr ins Gesicht steigt.

»Natürlich nicht!«

Line grinst doof und klebt mit ihrem Blick an Gustav fest. Gustav wird noch röter. Ihr Herz schlägt schnell. Sie ist jetzt richtig wütend. Auf Line, die keine Ahnung hat. Auf Sand, die zu Gustavs Füßen liegt und blöd hechelt, anstatt Gustav zu helfen. Und auf Moon, der nicht da ist. Sie ist wütend und hat überhaupt keine Lust mehr, mit Line zu reden.

Zum Glück kommt in diesem Moment Jerome um die Ecke.

Line stößt sich von der Wand ab, und nach einem kurzen »Ciao, Gustav!« läuft sie betont lässig auf ihn zu und verschwindet Arm in Arm mit ihm im Freibad.

Gustav steht da und fühlt sich blöd. Wie kommt Line darauf, dass sie Moon gut findet? Und wo ist der überhaupt. Sie waren doch verabredet, oder etwa nicht?

Kaum steht Moon vor ihr, passiert etwas sehr Eigenartiges: Der Sturm, der eben noch in Gustav getobt hat, hört mit einem Mal auf. Weg ist die Wut, und auch Lines *Findest du den gut, oder was?*, das eben noch in Gustavs Ohr nachgehallt und mit jedem Hall Hitze in ihr Gesicht gefeuert hat. Jetzt, wo Moon vor ihr steht, ist es ganz still, und das Blau seiner Augen, das heute fast noch heller als gestern ist, prickelt auf Gustavs Haut.

Moon schlägt vor, heute mal ins Freibad reinzugehen. Er hat noch keine Lust, Pfand zu sammeln. Überhaupt sieht man schon auf den ersten Blick, dass die Flaschensituation hier draußen nicht besonders ist. Später wird es besser sein.

»Ich habe keinen Badeanzug mit«, wendet Gustav ein. Und wenn ich ihn mithätte, würde ich ihn nicht anziehen, denkt sie, aber das sagt sie nicht.

»Egal, wir setzen uns einfach nur rein und baden in Gedanken.«

Die Idee ist vielleicht gar nicht so schlecht. Bei den anderen zu sein, aber eben nicht mittendrin. Den Super-Ferien-Pass nutzen, ohne Gefahr zu laufen, dass Line und die anderen mitbekommen, dass Gustav Busen bekommt. Aber dann fällt ihr Sand ein.

»Sand schmuggeln wir einfach auf dem Board rein.« Moon hat Gustavs Gedanken erraten.

Gustav ist skeptisch.

»Das klappt. Warte mal ab.«

Moon hat recht: Sie schmuggeln Sand ohne Probleme an der Kassiererin vorbei. Die hat überhaupt nicht die Zeit, darauf zu achten, was da unterhalb ihres Kassenhäuschens so passiert. Und so sieht sie die feuchte Hundenase nicht, die unter einem Handtuch hervor zitternd in die Luft ragt. Moon und Gustav laufen am Rand der

Liegewiese durchs Freibad. Niemand beachtet sie. Gustav kann Line und Jerome engumschlungen auf einem Handtuch liegen sehen. Daneben brutzelt die Mädchenclique in der Mittagssonne. Moon führt Gustav ganz hinten in den hintersten Winkel des Freibads, bis zu einem Baum, dessen Stamm in der Mitte gespalten ist und dessen Äste sich fast bis zum Boden hinunterneigen. Die Zweige schützen sie komplett vor den Blicken der anderen – vor allem vor dem der Bademeisterin. Mit Anina liegt Gustav immer vorne beim Springerbecken. Hier hinten ist niemand, hier war Gustav noch nie.

Sand pinkelt, nachdem sie ein paar Runden um den Baumstamm gedreht hat und keine Nachrichten von anderen Hunden finden konnte, einen großen See an den Baum. Endlich einmal ist sie die Erste vor Ort.

Moon streichelt über den in der Mitte gespaltenen Baumstamm.

»Meinst du, das tut ihm weh?«, fragt Gustav.

Moon zuckt mit den Schultern.

»Es gibt so eine Theorie, dass wir nur halb durch die Welt laufen. Wir waren mal eins, und dann wurden wir getrennt, und jetzt laufen wir hier rum und suchen nach dem Teil von uns, das weg ist. Und wir fühlen uns erst dann wieder ganz, wenn wir es gefunden haben.«

»Wie soll man sein Gegenstück denn erkennen?«

Moon zuckt wieder mit den Schultern. Dann setzt er sich neben Gustav auf das Handtuch.

»Man fühlt es dann einfach. Yella hat es bei Michel gefühlt«, erklärt er.

»Ist Michel dein Vater?«

Moon nickt.

»Und jetzt, wo ist er jetzt?«

»Er ist weggegangen, noch bevor ich geboren war. Yella sagt, er war einfach so. Aber er war ihr fehlendes Teil, und sie hat ihn geliebt.«

Eine Zeitlang stehen sie einfach dort und lauschen dem Lärm, der vom Becken herüberdringt. Gustav würde jetzt gerne einen Blick in Moons Augen werfen. Einen ganz kurzen. Nur um zu sehen, ob die immer noch so hellblau sind, wie sie es noch vor fünf Minuten waren. Von der Wiese zieht der Geruch nach Pommes und Mayo zu ihnen, und Gustav fällt auf, dass sie noch gar nichts gegessen hat an diesem Tag.

Vorsichtig balanciert sie die drei großen Portionen Pommes über die Wiese. Und obwohl Gustav möglichst weit entfernt von den anderen die Wiese überquert, kommt ihr Line entgegen. Sie spaziert in ihrem neonfarbenen Bikini in Richtung Kiosk und scheint sich wirklich zu freuen, als sie Gustav sieht.

»Hi, Gustav, komm doch zu uns, Jerome und ich liegen da hinten«, sagt sie und deutet in Richtung des Sprungturmes. Dann schaut sie auf die drei Portionen Pommes in Gustavs Hand. »Ist noch jemand aus der Schule hier?« Sie wirft Gustav einen fragenden Blick zu.

»Ja. Moon«, antwortet Gustav und geht einfach weiter. Lines erstaunter Blick im Rücken fühlt sich gut an.

Die Pommes schmecken gut. Lauwarm und salzig. Sand ist als Erste fertig mit ihrer Portion. Zufrieden leckt sie sich die letzten Reste Mayo aus den Barthaaren. Dann läuft sie rüber zum Handtuch, legt sich direkt in die Mitte davon, den Kopf auf die Pfoten, schließt die Augen und fängt augenblicklich an zu schnarchen.

Moon hat den Karton vom Skateboard abgebaut, und jetzt sitzen sie nebeneinander auf dem Board. Gustav kann spüren, wie ihre T-Shirts sich berühren. Der Wind weht ganz leise durch den Baum und trägt Moons Wärme und seinen Geruch über die wenigen Zentimeter, die zwischen ihnen liegen, zu Gustav. Moon riecht nach Sonnencreme, Pommes und Mayonnaise und ein bisschen auch nach Yella. Er riecht nach all diesen Dingen, aber auch nach Moon ganz allein.

»Willst du später mal heiraten?«, fragt Gustav.

Moon überlegt einen Moment.

»Ich weiß nicht, du?«

»Weiß nicht. Ich finde, man sollte sich beim Heiraten ganz andere Dinge als Liebe und Ehre versprechen. Liebe und Ehre, das sind so Wörter, bei denen man gleich Angst bekommt. Wenn ich heirate, dann möchte ich lieber, dass der andere mir immer die besten Kirschen übrig lässt. Oder die Wandseite vom Bett. Auf der anderen kann ich nämlich nicht schlafen.«

»Und beim Essen den Kopf vom Spargel. Ich mag es gar nicht, wenn diese Fäden zwischen meinen Zähnen festhängen«, erklärt Moon.

Gustav überlegt. »Außerdem fände ich es gut, wenn jemand mir versprechen würde, dass er mir jeden Morgen den Kakao ohne Haut serviert.«

»Und die schönsten Geschichten erzählt«, fügt Moon hinzu.

»Ja«, fällt Gustav ein, »die schönsten Geschichten und die geheimsten Orte, die möchte ich auch gezeigt bekommen.«

»Sind deine Eltern verheiratet?«, fragt Moon.

Gustav schüttelt den Kopf.

»Iris findet Heiraten blöd, sie sagt, ein Vertrag hat noch keiner Liebe geholfen«, sagt sie, und plötzlich wird ihr ganz dunkel zumute, genau dort, wo das Herz sitzt.

»Vielleicht wäre es besser, wenn sie verheiratet wären,

dann könnte Iris jetzt nicht einfach gehen«, fügt Gustav hinzu, und ihre Stimme klingt jetzt richtig wütend.

»Will dein Vater denn, dass sie bleibt?«

Gustav zuckt mit den Schultern. Was weiß sie schon.

Sie sitzen noch eine Weile auf dem Skateboard und schauen in den Baum, aber es ist nicht mehr so warm wie vorher. Und der Lärm, der von der Liegewiese bis hierher dringt, klingt jetzt grell und anstrengend. Auf Gustavs Arm krabbelt die Gänsehaut hoch bis in ihren Nacken. Sie rückt ein Stück von Moon ab, auf einmal hat sie Angst, dass ihr T-Shirt wieder das von Moon berühren könnte.

Gustav muss an Eriks Diagramm denken. Wo darauf ist denn die Liebe zu finden? Ob Iris und Erik sich auch ohne Hochzeit irgendwann einmal Dinge versprochen haben, lange bevor sie über Staubsauger und Biofleisch gestritten haben? Und wenn ja, wo ist die Liebe jetzt? Löst sie sich in Luft auf oder zerfällt in Einzelteile, die einfach nicht mehr zusammenpassen? Oder ist sie immer noch da, aber so versteckt, dass Iris und Erik sie nicht mehr finden können? Wahrscheinlich wissen sie gar nicht mehr, wie sie aussieht. Vielleicht ist es so wie mit den Farben. Gustav hat mal gehört, dass die Farbe Rot nicht für alle gleich aussieht. Jeder sieht sein eigenes Rot. Und so ist es mit allen Farben. Wahrscheinlich, denkt sie, ist es mit der Liebe ähnlich. Wahrscheinlich fühlt sich die Liebe für jeden anders an. Und deswegen ist es ein kleines Wunder, wenn zwei das gleiche Gefühl für Liebe halten.

Erik und Robert sitzen vor dem Camper. Sie haben Eriks alten Camping-Plattenspieler und Liegestühle aufgestellt, unterhalten sich und trinken Eriks selbstgemachten Eistee mit viel Gurke und Zitronenmelisse. Im Gegensatz zu heute Morgen sieht Erik jetzt wirklich zufrieden aus. Sand lässt sich erschöpft neben Robert auf den Boden fallen, und der streichelt ihren Bauch.

»Na, Gustav. Hast du den Fünfer heute endlich geschafft?«, fragt er.

Robert hat bestimmt keine eigenen Kinder, sonst würde er nicht immer diese seltsamen Dinge sagen. Anina wäre jetzt viel schlagfertiger. Sie würde Robert einen Satz entgegenschleudern, der ihn erst mal verstummen lassen würde. Das hat sie von Karin, das Schnelle. Karin kann es nämlich gar nicht leiden, wenn die Leute ihr blöde Fragen stellen. Aber Anina ist nicht hier, um Gustav zu helfen, also sagt Gustav einfach nichts. Erik lacht und zwinkert ihr zu. Er findet seinen neuen alten Freund offensichtlich ganz toll und ziemlich witzig.

»Magst du Eistee?«, fragt er.

Gustav nimmt einen großen Schluck.

»Du musst mal bei mir im Laden vorbeikommen, Gustav! Bei dem Vater hast du doch bestimmt einen auserwählten Geschmack, was Musik angeht.«

»Aber hallo!« Erik lacht auf eine Art, wie er sonst nie lacht, viel zu laut. »Gustav ist eine echte Folk-Lady. Sie versteht Tim Hardin von ganz tief hier.«

Er klopft sich auf die Brust.

»Dann komm doch mit zum Festival, Gustav!«, sagt Robert. »Sonntagabend geht's los und geht bis Mittwoch. Ich lade euch ein, ihr könnt bleiben, so lange ihr wollt. Dein Vater hat schon zugesagt.«

Erik schüttelt die Eiswürfel in seinem Glas nervös hin und her, während sein Blick am Boden festgeheftet zu sein scheint.

»Aber Montag ist mein Geburtstag«, protestiert Gustav.

»Na, umso besser!« Robert lacht ein dröhnendes Lachen.

Erik kaut auf einem Eiswürfel.

Als Gustav zum Balkon ihrer Schwestern hochguckt, sieht sie Sara, die abwechselnd die Kamera ihres Telefons auf den Camper richtet oder wild gestikulierend hineinspricht. Neben ihr steht Ramona. Sie trägt eine Sonnenbrille, die beinahe ihr ganzes Gesicht bedeckt.

Der Rest ist durch ein überdimensional großes Kopftuch geschützt. Kurz darauf verschwinden die beiden wieder hinter den Laken. Gustav nimmt einen letzten großen Schluck von ihrem Eistee.

»Ich muss hoch!«, sagt sie.

»Mama, der spinnt!« Sara guckt jetzt in die Kamera ihres Telefons. Auf dem Screen ist Iris zu sehen, braungebrannt und lächelnd. Hinter ihr das Meer. Als sie Gustav sieht, winkt sie.

»Gustav, meine Süße, da bist du ja, geht es dir gut?« Das Meer rauscht zwischen Iris' Worten.

»Hörst du eigentlich zu, Mama, Erik fährt mit Plattenladen-Robert auf einem Roller durch die Gegend und benimmt sich peinlich! Er ist in den Camper gezogen!«

»Und da wohnt er jetzt?«, erkundigt sich Iris.

Ramona schaltet sich ein:

»Du hast es doch gesehen, er hat Liegestühle aufgestellt und benimmt sich wie in einem Schrebergarten. Meine Pickel werden übrigens nicht besser, falls dich das interessiert.«

»Ich sehe keine Pickel. Wenn es ihm gefällt.«

»Du findest es also okay, oder was?«, sagt Sara empört.

»Mädchen, was soll ich sagen, euer Vater ist ein freier Mensch.«

»Okay, Mama, dann lass uns hier hängen.« Ramona ist jetzt richtig wütend. »Dann macht doch einfach euren Hippie-Kack, und wir machen auch nur noch, worauf wir Bock haben. Wir sind ja alles freie Menschen!«

Iris lächelt nachsichtig. »Ich lasse euch doch nicht hängen. Ich kann nur nicht über euren Vater bestimmen. Es ist nun mal so, dass wir nicht über andere bestimmen können.«

Ohne Vorwarnung drückt Sara das Handy aus und wirft sich auf ihr Bett.

»Ist das normal für Midlife-Crisis, dass die nur noch diesen Hippie-Kack reden?«, sagt sie, und Gustav kann sehen, dass ihr Tränen in den Augen stehen. »Seitdem ich denken kann, bestimmen die darüber, was wir machen.«

»Gusti, hast du schon gehört, dass Erik an deinem Geburtstag auch nicht da ist? Da fährt er zu *seinem* Festival!« Ramona legt den Arm um Gustav.

»Arme Gusti. Dich trifft es wirklich am härtesten.«

Die drei schweigen eine ganze Weile.

Dann verkündet Sara:

»Aber du hast ja uns. Und jetzt kommt das Beste.« Sie macht eine Kunstpause. »Erik ist nicht da. Iris ist nicht da. Time to party! Ramona und ich haben uns überlegt, wir feiern richtig fett in deinen Geburtstag rein.« Sie wirkt jetzt nicht mehr ganz so traurig. »Das wird richtig cool, Gustav! Iris auf Malle. Erik beim Senioren-Festival. Und wir hier mit Megaparty und Megafeuerwerk um zwölf, und wenn die Schule wieder anfängt, kannst du den anderen erzählen, dass du eine richtig fette Party gefeiert hast an deinem zwölften Geburtstag«, sagt Ramona.

»Also, als Mathilda bei uns die erste richtig krasse Party in der Klasse gefeiert, hat war sie ziemlich lang so ziemlich die Coolste«, ergänzt Sara.

Sara und Ramona gucken Gustav erwartungsvoll an.

»Du kannst einladen, wen du willst.« Sara überlegt einen Moment, dann verkündet sie mit blitzenden Augen: »Auch den Glitzerfreak.«

»Sara und Ramona werden den ganzen Abend blöde Kommentare machen«, erklärt Gustav Sand, die neben Gustavs Bett liegt und schnauft. Ob das eine Zustimmung ist, kann Gustav nur schwer erkennen.

Moon einladen! Eine großartige und zugleich unausführbare Idee.

»Vielleicht mag er auch gar keine Partys. Wahrscheinlich will er gar nicht kommen.«

Sand starrt Gustav durch ihre milchigen Augen an.

»Kann ja sein«, überlegt Gustav, »es gibt viele Leute, die keine Partys mögen.«

Sand schließt die Augen und fängt augenblicklich an zu schnarchen. Und wie soll Gustav das Anina erklären, wenn sie wieder da ist? *»Ich habe eine Party ohne dich gefeiert und Moon eingeladen.«* Das wird sie ihr niemals verzeihen, denkt Gustav.

Es klopft an Gustavs Zimmertür. Erik kommt rein, setzt sich auf die Bettkante und sagt erst mal gar nichts. Stattdessen guckt er sich in Gustavs Zimmer um, als hätte er es noch nie gesehen. Ausführlich betrachtet er das Bücherregal und die Bilder an Gustavs Wänden. Er seufzt. Dann guckt er Gustav mit dem gleichen Blick an, den Sand aufsetzt, wenn sie etwas Verbotenes gemacht hat. Nur dass der Blick bei Sand rührend ist und bei Erik peinlich, und Gustav sich wünscht, er würde wieder ins Zimmer gucken.

»Weißt du, das mit dem Camper. Ich brauche einfach Urlaub von der Wohnung. Deine Schwestern machen es mir gerade auch nicht leicht.« Hier macht Erik eine lange Pause.

Gustav hat das Gefühl, dass das Sachen sind, die Erik auch mit Robert besprechen könnte. Sie hat eigentlich keine Lust, sich das alles anzuhören. Aber weil Erik ihr leidtut, hört sie doch zu.

»Und mit dem Festival. Das war eine blöde Idee. Das sage ich natürlich ab«, sagt er.

Das Festival absagen? Gustavs Kopf fährt aus dem Kopfkissen hoch.

»Quatsch! Du musst da hin. Das ist doch *dein* Festival!«

Erik guckt Gustav ungläubig an.

»Meinst du?«

»Ja!«

Erik scheint verwirrt und erleichtert.

»Du findest, ich muss dahin?«

»Unbedingt!«

»An deinem Geburtstag bin ich natürlich wieder da. Ich würde Sonntagmittag hinfahren, und Montagmorgen wäre ich wieder hier.«

10

Ramona hat den ersten Blick des Tages in den Spiegel geworfen, und was sie dort sieht, gefällt ihr ganz und gar nicht. Was sie dort sieht, lässt sie sirenenartig aufheulen. Pickel! Noch mehr Pickel. Viel mehr als am Abend zuvor.

»Es werden immer mehr!«, heult Ramona. »Ich kann so keine Party feiern!«

»Pssst«, unterbricht Sara sie besorgt und deutet auf Eriks Zimmer.

»Der hört mich doch nicht, der ist doch schon längst in seinem scheiß Camper!« Ramona heult erneut auf, diesmal noch lauter.

»Ich kann keine Party machen. Jörg darf mich so nicht sehen.«

Ramona wimmert. Sara wird unruhig.

»Mann, Ramona. Es ist doch auch Gustis Geburtstag! Den können wir doch nicht einfach absagen. Da wärst du doch enttäuscht, oder, Gusti?« Sie wirft Gustav einen drohenden Blick zu. Gustav nickt. »Voll enttäuscht, oder?«

Gustav nickt noch deutlicher in Ramonas Richtung.

Ramona zoomt mit dem Taschenspiegel über ihr Gesicht, so lange, bis Sara ihn ihr aus der Hand nimmt.

»Schluss jetzt. Die Party findet statt.«

»Rate mal, was ich gefunden habe!« Moon hält Gustav den Fünfzigeuroschein so dicht unter die Nase, dass es wirklich nichts mehr zu raten gibt. »Mitten auf dem Bürgersteig!«

Moon fuchtelt mit dem Schein vor Gustavs Nase herum. So aufgeregt und glücklich hat Gustav ihn noch nie gesehen, und deswegen sagt sie jetzt auch nicht, dass Erik ihr beigebracht hat, dass man gefundenes Geld immer zurückgeben muss. Wem sollte Moon das Geld auch zurückgeben, der Bürgersteig gehört schließlich niemandem.

»So viel haben Yella und ich sonst für eine ganze Woche!«, sagt Moon jetzt.

Fünfzig Euro sind zwar viel Geld, aber in Gustavs Familie würde das nie für einen Wocheneinkauf reichen, das weiß sie genau. Am Ende ihres Wocheneinkaufs steht fast immer eine Rechnung von hundertfünfzig Euro. Mal ganz abgesehen von all den kleinen Abendeinkäufen, die noch dazukommen, weil Milch und Saft und Joghurt schon wieder so schnell leer sind.

Kein Wunder also, dass Moon Pfandflaschen sammelt und zum Automatentier bringt. Schließlich ist das eine Menge Geld, das da zusammenkommt. Das können Yella und er bestimmt gut brauchen. Heute muss Moon aber gar nichts sammeln. Er will sofort einkaufen gehen, und zwar all das, was Yella mag. Und all das, wofür sie sonst nie Geld übrig haben. Auf jeden Fall keine nützlichen Dinge oder nur ein paar wenige:

2 große Körbe Kirschen
1 Wassermelone
Pansen für Sand
2 Tüten mit kleinen Lakritzbonbons
(es steht Erwachsenenlakritz drauf)
Tütenweise Knisterkaugummi
Chips
Rote Grütze mit Vanillesoße
Gummitiere in allen erdenklichen Farben
Waldmeisterbrause
1 Packung vom teuersten Kaffee
1 großen Sonnenblumenstrauß

Als Moon, Gustav und Sand schnaufend und kichernd in die Wohnung treten, liegt Yella im Bett. Sie hat die Vorhänge zugezogen.

Moon reißt die Vorhänge auf und kippt die zwei riesigen Einkaufstüten einfach vor ihr auf der Decke aus. Yella setzt sich auf und blinzelt. Sie fährt sich mit der Hand über die verquollenen Augen, und Gustav denkt kurz, dass sie aussieht, als ob sie geweint hat. Aber vielleicht hat sie auch nur geschlafen, denn jetzt lächelt sie. Und auch wenn das Lächeln noch ein bisschen wackelig ist, sieht Gustav doch, dass Yella sich wirklich freut. Sie nimmt jedes Teil in die Hand und hält es hoch, als wäre das alles ein unglaublicher Schatz, den Gustav und Moon gehoben hatten. Sand hat sich inzwischen auf die Matratze gehievt und liegt jetzt ganz nah neben Yella, die Schnauze in ihrem Schoß.

»Danke!« Dann zieht sie die Augenbrauen zusammen und guckt Moon an. »Woher habt ihr denn das Geld?«

»Vom Universum!«, erklärt Moon ernst.

Und obwohl das ja keine wirkliche Erklärung ist, glätten sich Yellas Augenbrauen.

»Das Universum ist manchmal wirklich ganz erstaunlich hellhörig. Gerade heute Morgen habe ich an Kirschen gedacht!«, sagt sie.

Sie streichelt Moon durch die Haare und gibt ihm einen Kuss auf die Stirn. Gustav und Sand kriegen auch einen Kuss. Gustav bekommt einen auf den Scheitel und Sand einen mitten auf die Schnauze.

Yella nimmt die Blumen und verteilt sie in Vasen und Gläsern in der ganzen Wohnung.

Und dann sitzen sie alle drei im Bett und essen alles quer durcheinander, so lange, bis sie nicht mehr können. So lange, bis ihnen die Bäuche weh tun und blubbern und bis Gustav und Moon so viel Erwachsenenlakritz gegessen haben, dass Yella sich ein bisschen Sorgen macht, weil ihre Herzen so schnell schlagen.

»Zeigt mal!«, sagt Yella und legt ihre Hände auf Gustavs und Moons Brust. Und es ist gar nicht schlimm, dass sie dabei bestimmt merkt, dass Gustav Busen bekommt.

»Oh, ja, zwei wilde Pferde.«

Und dann lacht sie.

Gustav wird ein bisschen rot, und Moons Augen werden noch heller, als sie es sowieso schon sind. Yella kann Dinge sagen, die peinlich wären, wenn Iris oder Erik sie sagen würden, aber bei Yella sind sie schön, denkt Gustav. Wenn Yella etwas sagt, dann ist es immer ein bisschen wie eine Zeile aus einem Lied, das man lauter stellen möchte.

Gustav denkt, dass Yella bestimmt viel über die Liebe weiß. Also über die echte Liebe.

»Wenn die Liebe abhanden gekommen ist. Ist sie dann für immer weg? Oder kann man sie wiederfinden?«

Sobald Gustav das gefragt hat, ist es ihr schon peinlich. Sobald sie das gefragt hat, wünscht sie, sie hätte nichts gesagt.

Aber Yella findet die Frage gar nicht seltsam. Sie lacht nicht oder guckt Gustav so an, als hätte sie nicht mehr alle Tassen im Schrank. Nein, sie guckt ganz ernst, und dann sagt sie:

»Wenn man sie wirklich suchen geht, dann kann man sie wiederfinden. Ganz bestimmt. Nichts auf der Welt geht wirklich verloren.«

Dann nimmt sie Gustavs Hand und hält sie fest. Yellas Hand ist warm und trocken, und Gustav denkt, dass ihre Hand von ihr aus für immer dort bleiben könnte. Als der Wecker klingelt, stöhnt Yella laut auf. Sie muss los zur Uni. Sie hat einen Feriensprachkurs belegt. Französisch.

»Frosssösiiiiesch!«, kichert sie und macht keine Anstalten aufzustehen.

Gustav könnte noch Stunden hier auf dem Bett liegen.

»Alloo, Güstav! Allo, Müüün!« Yella macht einen spitzen Mund.

Gustav muss lachen, aber Moon findet es gar nicht lustig. Im Gegenteil, er sieht richtig unlustig aus.

»Wer braucht schon Französisch! Mit euch im Bett ist es viel lustiger als alleine im Sprachkurs«, stöhnt Yella, lehnt sich noch weiter in ihre Kissen und lässt sich ein paar Kirschen in den Mund fallen.

»Du!«, sagt Moon und dann schiebt er sie aus dem Bett.

Als Gustav schon wieder lachen muss, weil sie das Gesicht, das Yella macht, so lustig findet, blitzen seine Augen auf so eine Art, dass Gustavs Lachen ganz trocken wird und dann einfach zur Hälfte im Hals stecken bleibt. Auch Yella macht jetzt keine Witze mehr. Sie packt langsam und wie gegen einen Widerstand eine Korbtasche mit Büchern, Block und Stiften. Moon steht die ganze Zeit neben ihr, und Gustav ist sich nicht sicher, ob er sich daran erinnert, dass sie auch noch da ist. Moon ist jetzt ganz anders als sonst. Gar nicht mehr hellblau und prickelnd. Eher grau und kalt. Gustav findet ihn richtig unheimlich.

Kaum aber sind sie draußen und bewegen sich in Richtung Uni, bekommt Moon wieder bessere Laune. In großen Schlangenlinien läuft er mit Sand auf dem Board um die Leute herum, bis Gustav und Yella so lachen müssen, dass sie nicht weiterlaufen können.

Gerade noch rechtzeitig zum Beginn von Yellas Sprachkurs kommen sie in der Uni an. Yella guckt zu Gustav, kichert und verdreht die Augen, als sie hinter dem strichdünnen Sprachlehrer in den Seminarraum läuft. Vor dem Raum ist es schön schattig. Sand will gar nicht mehr vom kühlen Boden aufstehen. Gustav und Moon setzen sich zu ihr, den Rücken an der Wand, und spielen *Ich sehe was, was du nicht siehst.*

Ein großer Mann mit Vollbart, der zum zweiten Mal an ihnen vorbeikommt, bleibt stehen und fragt, ob das hier eine Sitzblockade sei.

»Ich denke schon«, sagt Moon.

Und da lacht der Mann und sagt:

»Na, dann ist ja gut.«

Gustav hat das dringende Gefühl, dass sie Moon jetzt zu ihrem Geburtstag einladen muss. Die Party ist ja schon morgen. Sie weiß nicht, wie sie anfangen soll, also räuspert sie sich erst mal. Das hat sie schon oft in Filmen gesehen. Das ist ein guter Anfang, wenn man etwas Wichtiges zu sagen hat.

Auf dem Weg nach Hause ist Gustav glücklich. So glücklich, dass sie gar nicht geradeaus guckt, sondern in sich hinein, direkt dorthin, wo das Glück sprudelt wie eine Brausetablette. Die Frau, in die sie hineinrennt, scheint heute keinen guten Tag zu haben. Vielleicht hat sie schlecht geträumt oder ihr Lieblingskäse war ausverkauft, auf jeden Fall zündet die Tatsache, dass Gustav in sie hineinläuft, ihre Wut wie eine Rakete mit einer enorm kurzen Zündschnur. Gustav hat gerade erst verstanden, dass das weiche, nach Waschmittel duftende Etwas, in das sie gerannt ist, der große Busen einer fremden Frau ist, als es schon losgeht.

»Woran denkst du eigentlich?«, schreit sie und versperrt Gustav den Weg. »Kannst du nicht gucken, wo du hinläufst? Nie könnt ihr das! Niemand kann das. Ihr denkt alle nur an euch. So ist es!«

Die Wörter fliegen in einer beachtenswerten Geschwindigkeit aus ihrem Mund. Bestimmt, denkt Gustav, waren sie schon sehr lange dort drin und haben nur darauf gewartet, dass jemand mit Glück im Bauch gegen die Frau läuft, damit sie endlich rauskönnen.

Wegrennen wäre eine gute Idee, nur leider geht das nicht mit Sand. Gustav muss das Schimpffeuerwerk über sich ergehen lassen. Die Frau ist jetzt schon ziemlich außer Atem wegen ihres Gezeters.

»Damals, als ich in deinem Alter war, da hätten wir uns das nicht getraut.«

Doch Gustav macht es gar nichts aus. Der Gedanke daran, dass Moon morgen zu ihrer Party kommt, ist wie ein schützendes Kleidungsstück, so zart wie ein Schmetterlingsflügel und so Beschimpfungen abweisend wie eine Rüstung.

Zu Hause im Wohnzimmer erstellen Ramona und Sara Playlisten für die Party. Sie haben den iPod an Eriks Anlage angeschlossen, Musik dröhnt in voller Lautstärke durch die ganze Wohnung. Sie laden Gustav ein, sich zu ihnen zu setzen. Gustav erzählt von der Feuerwerksfrau, und Ramona ist froh, dass Gustav noch mal davongekommen ist, solche Ausraster enden häufig in Mord, behauptet sie. Gerade an heißen Tagen. Ohne dass eine von ihnen dreien gemerkt hätte, dass Erik nach Hause gekommen ist, betritt er plötzlich das Zimmer.

»Schön, dass euch meine Anlage so gut gefällt!« Er muss richtig brüllen. So laut ist die Musik aufgedreht. »Danke, Erik, dass wir die benutzen dürfen.«

Ramona und Sara nicken ihm leicht genervt zu.

»Könnt ihr vielleicht mal leiser machen?« Dann geht er selber zur Anlage und dreht sie leiser. »Es gibt hier im Haus ja auch noch Nachbarn.«

»Verstanden. Noch was?«, fragt Ramona gereizt.

»Wir arbeiten gerade«, fügt Sara hinzu.

Erik hebt die Augenbrauen. »Mitten in den Ferien? Das sieht euch gar nicht ähnlich.«

Sara winkt ab.

»Für morgen Mittag und Abend habe ich euch Pizzen ins Eisfach gelegt. In der Haushaltskasse ist Geld, und Milch ist auch genügend da«, erklärt Erik und sucht schuldbewusst Gustavs Blick. Gleich, denkt Gustav, gleich entscheidet er sich anders. Gleich lässt er Robert Robert sein und beschließt, in der Nacht auf Gustavs zwölften Geburtstag auf jeden Fall hier zu sein.

»Es ist doch okay für euch, dass ich fahre?«, fragt Erik.

Sara kneift Gustav fest in den Fuß.

»Voll okay! Kein Problem.« Gustav verzieht das Gesicht zu einem breiten Lächeln.

Erik lächelt erleichtert, aber auch unsicher zurück. »Ich kann euch eine Nacht alleine lassen?«

»Mann, Erik! Für wie verantwortungslos hältst du uns! Was sollen wir denn schon groß machen?«, meckert Ramona. »Etwa eine Party feiern?«

Ihr schrilles Lachen verstummt, als Sara ihr einen Blick so scharf wie ein Dolch zuwirft.

11

Kaum ist die Tür am nächsten Mittag hinter Erik zugefallen, kaum ist der Camper die Straße hinuntergerollt und langsam um die Ecke verschwunden, laufen die Vorbereitungen auf Hochtouren. Der Hauptpartyraum soll das Wohnzimmer sein. Klar, hier steht immerhin Eriks Anlage, und die bildet das Herzstück der Party. Sara verbannt alle Stehlampen aus dem Zimmer. Die übrigen werden, wie schon im Rest der Wohnung, mit Tüchern abgehängt. Wenig Licht. Viel Musik. Viel Abdeckstift auf Ramonas Hautproblem. Viel *Bowle Plus.* Das ist Saras Devise. Wobei nicht einmal Ramona weiß, was für ein Plus sich in Saras Bowle eigentlich versteckt. Die Küchentür bleibt für die gesamte Zeit der Zubereitung geschlossen, und Ramonas Versuch, die geheime Zutat durchs Schlüsselloch zu erspähen, scheitert, weil Sara von innen ein Küchenhandtuch davorgehängt hat.

Doch auch Ramona kommt langsam in Stimmung. Sie hat eine Nachricht von Jörg bekommen.

»Er kommt also!«, stellt Sara befriedigt fest.

»Er bringt seinen besten Freund mit«, fügt Ramona unsicher hinzu. »Ist das gut? Ist das gut?« Sie läuft hinter Sara her und hält ihr das Telefon unter die Nase.

»Ramona!« Sara bleibt stehen, wirft sich in dramatische Pose. »Den besten Freund mitbringen ist *das* Zeichen! Der kommt mit, damit er dich abchecken und sein Go geben kann.«

»Und wenn er kein Go gibt?«

»Mann, Ramona, du bist so angespannt. Das wird *die* Party des Sommers. Geh einfach mit dem Flow.«

»Bist du jetzt Iris, oder was?«, zetert Ramona.

Sara winkt ab und verschwindet im Keller, um die alte Discokugel von Erik hochzuholen, die er dort in seinem *old-life*-Karton aufbewahrt.

Um sieben treffen die ersten Partygäste ein. Ab halb acht klingelt es dann im Minutenrhythmus. Küsschen hier, Küsschen da.

Ein paar der Gäste kennt Gustav, aber viele hat sie noch nie gesehen. Und von denen, die sie noch nie gesehen hat, kommen immer mehr. Sie bringen Bier und andere Flaschen mit, die sie, statt sie in der Küche abzustellen, gleich öffnen und unter Saras lautem Protest in die Bowle leeren. Sara hängt einen Zettel mit der Aufschrift *Bier auf Wein, das lass sein. Wein auf Bier, das rat ich dir* an den Kühlschrank. Auf eine vollgekotzte Wohnung, erklärt sie Gustav, hat sie gar keine Lust. Es dauert gar nicht lange, und die Wohnung ist voll mit Gästen. Überall stehen sie, große Bowlegläser in der Hand, und unterhalten sich. Ein paar wenige haben schon am frühen Abend die Tanzflache eröffnet, wo sie jetzt ein wenig unschlüssig stehen und zur Musik mitwippen. Auf dem mit Laken abgedunkelten Balkon drängen sich die Raucher.

Ramona, die am Anfang noch sorgenvoll durch die Wohnung geschlichen und alle drei Minuten im Badezimmer verschwunden ist, um ihre Pickel zu begutachten, hat sich mit dem Auftauchen von Jörg und seinem Freund in eine andere Person verwandelt. Kaum haben die Jungs die Wohnung betreten, hat Ramona die Strickjacke, die sie eben noch um die Schultern gelegt hatte, ausgezogen. Jetzt läuft sie hocherhobenen Hauptes durch die Wohnung, lächelt in alle Richtungen, und immer, wenn die beiden in ihre Nähe kommen, lacht sie laut und wirft ihre Haare zurück, spreizt ihr Gefieder wie ein Pfau. Kaum hat Jörg das Wort an sie gewandt, verschwindet sie wieder in der Menge, um dann einige Minuten später überraschend wieder aufzutauchen. Sara, die das Ganze beobachtet, nickt Ramona hin und wieder zustimmend zu. Gustav weiß, dass Sara und Ramona diese Taktik *sich rarmachen* nennen und ziemlich überzeugt von ihrer Wirkung sind. Am Anfang der Party guckt Gustav ab und zu in ihr Zimmer, wo sie ihre Tagesdecke noch einmal zurechtzupft oder kontrolliert, ob ihre Kuscheltiere wirklich unsichtbar im Kleiderschrank verschwunden sind. Ihr Zimmer ist zwar größer, aber auch langweiliger und irgendwie auch kindlicher als das von Moon.

Erst lauscht Gustav noch bei jedem Klingeln auf die Stimmen an der Tür. Moon, denkt sie.

Das ist bestimmt Moon, denkt sie jedes Mal, und bei jeder Enttäuschung, die bei dem Erklingen fremder Stimmen über sie schwappt, denkt sie: nächstes Mal. Das nächste Klingeln wird Moon sein. Doch sooft es auch klingelt, nie ist es Moons Stimme, die Gustav aus dem Flur vernimmt. Nie Moons Gestalt, die im Wohnzimmer auftaucht.

Es wird später.

Und später.

Moon kommt nicht.

Er kommt einfach nicht.

Irgendwann hat es aufgehört zu klingeln, oder vielleicht kommt es Gustav auch nur so vor, weil sie aufgehört hat zu warten. Die Musik wird immer lauter. Ein paar Gäste rauchen in der Wohnung und werden von Sara halbherzig aufgefordert, auf den Balkon zu gehen, was sie für ein paar Züge auch machen, nur um dann in der Wohnung weiterzurauchen. Ramona und Jörg sitzen inzwischen dicht nebeneinander auf dem Sofa.

In der Küche trifft Gustav auf Jörgs Freund.

»Ich bin Oliver«, sagt er. »Ziemlich coole Sache hier. Kenne leider keinen so richtig. Du?«

»Auch nicht.«

Jörg fischt mit einem Suppenlöffel gedankenverloren in der Bowle herum. Die Bowle hat inzwischen eine grellrote Farbe angenommen, neben den Pfirsichen und Erdbeeren schwimmen auch Kronkorken in der Suppe, von der ein süß-prickelnder Duft ausgeht. Jörg greift nach einem Plastikbecher und füllt ihn. Dann fällt ihm Gustav wieder ein.

»Willst du auch?«

Gustav nickt, und Jörg füllt einen zweiten Plastikbecher mit Bowle und drückt ihn Gustav in die Hand.

Dann hält er Gustav seinen Becher hin.

»Prost!«

Gustav stößt mit ihrem Becher vorsichtig an seinen, und dann nimmt sie einen großen Schluck. Das Getränk schmeckt unerwartet gut. Richtig fruchtig. Schon der zweite Schluck legt sich weich über Gustavs Gedanken. Auf einmal ist sie ganz froh, dass Oliver neben ihr steht.

Oliver, der auf das Schild am Kühlschrank deutet und sagt:

»Völliger Quatsch. Bier nach Wein geht gut.«

Jetzt guckt er unsicher zu Gustav und fragt:

»Darfst du überhaupt schon Alkohol trinken?«

»Klar!«, sagt Gustav und nimmt demonstrativ einen extragroßen Schluck.

Oliver riecht nach Weichspüler, und auf seinen gebräunten Oberarmen kann Gustav feine blonde Härchen erkennen.

Vielleicht, denkt Gustav, sollte sie da mal drüberstreicheln, über die Härchen. Aber schon im gleichen Moment verwirft sie den Gedanken und nimmt lieber noch einen Schluck. Wahrscheinlich ist das das geheime Plus der Bowle, denkt sie. Das Plus macht seltsame Gedanken und ein angenehm leichtes Summen im Kopf. Durch genau dieses Summen drängt sich jetzt das Klingeln an der Haustür. Nicht irgendein Klingeln. Nein. Jemand klingelt Sturm.

Moon!, durchfährt es Gustav. Das könnte Moon sein. Er ist doch noch gekommen. Und jetzt bittet er dringend um Einlass.

Gustav hüpft an Oliver vorbei zur Tür, vorbei an den

Leuten, die sich an dem Klingeln nicht stören. Für sie ist es nicht mehr als eine Erweiterung des dumpfen Beats, der die Wohnung schon seit bestimmt einer halben Stunde erschüttert und den Boden vibrieren lasst.

Doch vor der Tür steht nicht Moon. Vor der Tür stehen zwei Polizisten. Eine ältere kleine Frau und ein großer, dünner, sehr junger Mann, kaum älter als Ramona und Sara.

»Guten Abend!«, sagt die Polizistin.

»Guten Abend«, sagt Gustav höflich. Das Leichte in ihrem Kopf ist beim Anblick der beiden Polizisten wie weggeblasen.

»Darf ich mal fragen, wie alt du bist«, fragt die Frau und baut sich vor Gustav auf.

Gustav sagt erst mal nichts. Jede Antwort erscheint ihr in diesem Moment fatal.

Die Kleine guckt ihr scharf in die Augen. Dann wendet sie sich an ihren Kollegen.

»Die lasse ich jetzt mal pusten. Die ist doch höchstens elf, und die hat Alkohol getrunken. Das sehe ich doch.«

Der Dünne wirft einen flüchtigen Blick auf Gustav und sagt:

»Könntest du recht haben.«

Gustav räuspert sich. Das ist ja wohl die Höhe, auf *höchstens* elf geschätzt zu werden:

»Zwölf. Ich werde morgen zwölf.«

In dem Moment schiebt Sara sich hastig durch die Menge, stellt sich vor Gustav.

»Guten Abend«, schnurrt sie den Dünnen an und klimpert mit den Wimpern. Die Kleine lässt sie dabei unbeachtet.

»Sorry, wir sind bisschen laut gewesen, oder? Ist mein neunzehnter Geburtstag.«

Der Dünne lächelt zurück. Die Kleine versucht noch einen Blick auf Gustav zu erhaschen, aber Sara schiebt Gustav mit einer Hand nach hinten in die Partymenge hinein. Der Dünne lächelt immer noch und redet jetzt von Nachbarn und nächtlicher Ruhestörung. Dann seufzt er und sagt:

»Habe auch schon lange nicht mehr gut gefeiert.«

Dafür wird er von der Kleinen böse angeguckt.

»Jetzt sofort leiser machen!«, kommandiert sie. Dann drängt sie sich an Sara vorbei in die Wohnung.

Der Dünne, Gustav und Sara bleiben an der Tür stehen.

Der Dünne wirft einen sehnsüchtigen Blick auf die Tanzfläche.

»Der Song, der da läuft, ist groß«, schwärmt er.

»Das ganze Album ist der Hammer«, stimmt Sara zu.

Ramona kommt aus dem Wohnzimmer und hängt sich an Saras Hals.

»Das mit Jörg läuft!«, kreischt sie. Den Polizisten scheint sie gar nicht zu bemerken.

Im Wohnzimmer wird die Musik leise gestellt. Es folgt ein enttäuschtes Raunen.

»Isso! Bleibt so!«, hört man die Kleine bellen, dann kommt sie mit forschen, kurzen Schritten wieder zurück in den Flur.

»Wenn wir noch mal kommen müssen, wird die Anlage beschlagnahmt. Verstanden?«

»Klar«, säuselt Sara.

»Verstanden«, kichert Ramona, obwohl sie wirklich nicht so aussieht, als ob sie irgendwas verstanden hat.

»Ist ja nur wegen der Nachbarn«, erklärt der Dünne entschuldigend. Dann wird er von der Kleinen von der Tür weggezogen. Er wirft einen letzten schmachtenden Blick auf Sara, die ihm noch einen Handkuss hinterherschickt. Dann schließt Sara die Tür hinter den beiden. Ein Victoryzeichen in Richtung der verunsicherten Gäste, und die Party geht weiter.

»Zehn, neun, acht, sieben, sechs, fünf, vier, drei, zwei, eins, null! Prost, Gustav!«

Ramona steht auf dem Balkon, das brennende Feuerzeug an der Zündschnur, und bei dem Wort *Gustav* schießt die Rakete mit rasantem Knattern und unter dem lauten Gejohle von Sara und ein paar anderen Mädchen in den Himmel. In der Wohnung dröhnt schon wieder der Bass.

Hinter Gustav fangen Ramona und Jörg wild an zu knutschen. Der Feuerwerkskörper steuert schräg in die große Eiche vor dem Haus, deren Blätter durch die anhaltende Hitze und den abwesenden Regen schlapp herunterhängen. Dort verfängt er sich zwischen zwei kleineren Ästen. Er knattert noch einen kurzen Moment weiter, bis er mit einem lauten Knall explodiert. Roter Sternenregen wird in einer Fontäne herausgeschleudert. Lautlos segeln die Sterne in den Baum. Einige der Blätter fangen Feuer. Wie ein Staffelholz werden die Flammen von einem Blatt zum nächsten weitergegeben.

Im Hintergrund wird jetzt *It's raining men* voll aufgedreht. Das Feuer flackert unruhig in der Dunkelheit. Gebannt schauen alle auf den brennenden Baum, der die Hauptrolle in einem Theaterstück angenommen hat, dessen Ausgang ungewiss erscheint. Selbst Ramona und Jörg haben aufgehört zu knutschen. Während sie dort stehen und in die alte Eiche starren, geht im Hintergrund erneut die Musik aus. Jemand schaltet das Deckenlicht im Wohnzimmer an. Es wird mit einem Mal ganz still in der Wohnung.

»Gustav!«

Gustav dreht sich um. Sie braucht einen ganzen Moment, um zu verstehen, wer dort vor ihr steht. Braungebrannt, ein großes Geschenk und einen Kuchen in der Hand.

»Iris!«

Neben Iris steht, etwas weniger braungebrannt, mit verstrubbelten Haaren und ohne Geschenk oder Kuchen in der Hand:

»Erik!«

Eilig sammeln die Partygäste ihre Taschen und abgelegten Kleidungsstücke ein. Nur die wenigsten wagen noch eine kurze Umarmung mit Ramona und Sara. Der Rest flieht blind wie Tiere vor einem Unwetter. Erik sitzt zusammengesunken auf dem Sofa und fährt sich mit den Händen in einer Endlosschleife durchs Haar, während sein schmerzverzerrter Blick über die auf dem Boden verteilte Plattensammlung wandert. Iris hat ihr Gepäck und den Kuchen abgestellt und steht jetzt mitten im Wohnzimmer, die Hände in den Hüften. Die Zähne in die Unterlippe gepresst, als müsse sie sich beherrschen, nicht loszuschreien.

Gustav ist klar, dass Iris der Ursprung des kommenden Tornados sein wird. Das Auge des Sturms. Und dieser Sturm hat die Kraft eines Gewitters nach Dutzenden

Tagen drückender Hitze. Der Sturm kommt mit Getöse auf Sara, Ramona und Gustav zu. Fliehen ist nicht mehr möglich.

Kaum ist die Wohnungstür hinter dem letzten Gast zugefallen, nimmt Iris die Zähne aus der zerbissenen Unterlippe. Dann geht der Sturm los.

Erst schreien Iris und Erik.

Dann schreien auch Ramona und Sara mit.

All dem Geschrei kann Gustav vage entnehmen, dass Iris' Auftauchen etwas damit zu tun hat, dass sie Gustav überraschen wollte, und Eriks Auftauchen etwas mit dem Gefühl, dass zu Hause etwas nicht stimmt. Was daran lag, dass weder Ramona noch Sara seine Anrufe oder Nachrichten beantwortet haben, und das, obschon sie den ganzen Tag kaum etwas anderes tun, als auf die Handys zu starren. Gustav erkennt, dass sie mit der Hoffnung, Iris und Erik könnten zusammen hier aufgekreuzt sein, um zu verkünden, sie könnten ihre Midlife-Crisis überwunden haben, falschliegt. Eriks und Iris' gemeinsames Auftauchen entspringt dem völligen Zufall. Dass sie sich um kurz nach zwölf auf einer Party in ihrem eigenen Wohnzimmer gegenüberstehen, war nicht geplant.

Praktisch an diesem Zufall ist eigentlich nur, dass Eriks und Iris' Wut sich jetzt weniger gegen Ramona,

Gustav und Sara richtet, als dass sie sich gegenseitig beschuldigen.

»Wie kannst du es wagen, die Mädchen hier alleine zu lassen?«, schreit Iris.

»Das fragst gerade du«, poltert Erik zurück, »Du bist doch die Egozentrikerin! Du bist nach Mallorca gefahren und hast uns hier alleinegelassen!«

Jetzt rastet Iris völlig aus.

»Ich eine Egozentrikerin!«, schreit sie und fuchtelt mit den Armen. »Ich arbeite Tag und Nacht für euch. Ich war seit Jahren nicht mehr alleine weg. Da werde ich ja wohl mal eine Woche in den Urlaub fahren dürfen. Einmal. Eine lächerliche Woche!«

Erik haut mit der Hand gegen den Türrahmen. Gustav zuckt zusammen.

»Denkst du, ich arbeite nicht?«

Dann geht das ganze Geschrei von vorne los.

Leise verlassen die Mädchen das Wohnzimmer. Gustav wirft noch einen Blick auf die Eiche, deren flammender Auftritt über die Brüllerei in Vergessenheit geraten ist. Aber der Baum steht wieder genauso unversehrt dort wie vor der Rakete. Das Feuer ist erloschen.

Als Gustav in ihr Zimmer kommt, findet sie auf ihrem Bett ein Paar in inniger Umarmung vor. Gustav hat ihr leises Schnarchen zuerst für das von Sand gehalten, aber dann sieht sie, dass sich unter ihrer Bettdecke zwei Gestalten abzeichnen. Gustav zupft an ihnen. Aber nichts tut sich. Gustav rüttelt an ihnen. Sie schlafen weiter. Gustav überlegt, ob sie rausgehen und um Hilfe bitten soll, aber draußen streiten Erik und Iris so laut, dass sie befürchtet, dass der Dünne und die Kleine gleich wieder auftauchen werden, um Erik und Iris zu beschlagnahmen. Was vielleicht gar nicht so schlecht wäre.

Weil sie so unendlich müde ist, beschließt sie, sich einfach auf den Boden neben Sand zu legen. Sie nimmt Sand fest in den Arm, und die wehrt sich kein bisschen. Sie ist warm und weich, und ihr regelmäßiger Atem ist heute Abend wie das Rauschen der Wellen in Dänemark, an Tagen, an denen das Meer ganz ruhig ist.

Sands Atem trägt Gustav an Iris' und Eriks lauten Stimmen vorbei in die Nacht. Gustav träumt davon, dass Erik sie die Treppen hoch in die Wohnung trägt, so wie er das früher immer gemacht hat, wenn sie im Auto eingeschlafen ist. Das Treppenhaus riecht, obwohl es schon seit Jahren nicht mehr gestrichen worden ist, immer noch nach frischer Farbe und Eriks Hemd nach einem Tag am See. Es ist alles gut hier in Eriks Arm.

12

Als Gustav morgens aufwacht, liegt sie in ihrem Bett. Nur eine zurückgelassene Unterhose weist darauf hin, dass hier zuvor jemand anderes gelegen hat. Es dauert einen Moment, bis Gustav sich diesen orangenen Fetzen direkt neben ihrem Kopf erklären kann. Aber dann ist alles wieder da. Die Party. Die brennende Rakete. Iris. Erik. Das Paar in ihrem Bett. Ihr Geburtstag. Und Moon. Moon, der nicht gekommen ist.

Moon, der nicht gekommen ist!

Iris hat einen Zettel auf dem Küchentisch hinterlegt. Sie ist frühstücken gegangen und erwartet eine tipptopp aufgeräumte Wohnung, wenn sie zurückkommt. Die Mädchen sollen sie anrufen, wenn sie fertig sind.

Ramona und Sara hängen bereits mit Kaffee in den Küchenstühlen. An Gustavs Geburtstag scheinen sie sich nicht zu erinnern, zumindest hört Gustav keine

Glückwünsche, sondern nur Gähnen, Schlurfen und ab und zu ein unterdrücktes Kichern.

»Mann, ich habe so Angst vor Iris!«, sagt Sara.

Dann brechen beide in hysterisches Lachen aus.

»Die Rakete!«, kichert Ramona.

Sie brechen in erneutes Prusten aus.

Erik steckt den Kopf durch die Tür:

»Ach, die Damen sind schon wach!«

Müde schlurft er zum Schrank, nimmt einen Becher heraus und greift nach der Kaffeemaschine. Lautes Geschrei vom Küchentisch.

»Papa, das ist unser Kaffee!«

Erik gießt in aller Ruhe den gesamten Rest Kaffee in seinen Becher.

»Spinnst du?«, zetert Sara. »Wir sind voll müde und müssen hier gleich die ganze Wohnung aufräumen, und dafür brauchen wir …«

»Sprit!«, fällt Ramona ihr ins Wort. »Dafür brauchen wir Sprit!«

Erik lächelt.

»Hört mal, Mädels«, sagt er. »Ihr habt hier nicht wirklich einen Verbündeten vor euch. Aber ob ihr's glaubt oder nicht. Ich habe auch schon mal eine heimliche Party gefeiert. Das ist das eine. Das andere ist, dass ich heute gerne Gustavs Geburtstag feiern möchte, und zwar mit allen zusammen. Und deswegen habe ich ein Interesse daran, dass eure Mutter bald zurückkommt. Das bedeutet überhaupt nicht, dass ich okay finde, was ihr gemacht habt! Ich will nur, dass dieser Tag heute trotz allem ein Feiertag ist.«

Dann nimmt er Gustav in den Arm. Erik riecht nach Schlaf und Kaffee und auch ein bisschen nach Rauch.

»Herzlichen Glückwunsch, Gusti!«

»Herzlichen Glückwunsch!«, tönt es von hinten. Ramona und Sara prosten Gustav mit ihren Kaffeebechern zu.

Erik hält Gustav eine Armeslänge von sich weg und guckt sie von oben bis unten an.

»Kann es sein, dass du seit gestern Abend gewachsen bist?« Er zieht ein kleines Päckchen aus der Tasche und überreicht es Gustav. Eine Mundharmonika. Er zeigt auf Gustavs linke Brust.

»Jetzt, wo ich weiß, dass hier ein Folk-Herz schlägt.«

Erik verteilt die Aufgaben. Im Aufräumen und Saubermachen ist er schließlich Meister. Das müssen auch Sara und Ramona anerkennen. Die beiden sind dafür verantwortlich, mit Erik gemeinsam das gröbste Chaos aufzuräumen. Gustav bekommt den Auftrag, ganz am Schluss noch einmal zu überprüfen, ob die Zimmer wirklich tipptopp sind. Falls nicht, ist es ihre Aufgabe, die Schönheitsfehler zu beheben.

»Ungerecht«, mault Sara. »Wir haben die scheiß Aufgabe. Gustav hat ja gar nichts wirklich zu tun.«

»Ihr habt den Scheiß schließlich auch angezettelt. Im Übrigen solltet ihr dankbar sein, dass ich euch helfe«, verkündet Erik und drückt Sara den Handstaubsauger und Ramona einen Wischmopp in die Hand.

»Aber wir haben doch auch in Gustavs Geburtstag reingefeiert.«

Erik wirft Sara und Ramona einen Blick zu, der das Gemaule sofort verstummen lässt.

Während die drei bei lauter Musik und steigender Stimmung die Wohnung auf Vordermann bringen, beschließt Gustav, heimlich nach draußen zu gehen. Sie hat sowieso das Gefühl, dass Erik sich ihre Aufgabe eigentlich nur deswegen ausgedacht hat, damit Sara und Ramona nicht das Gefühl haben, sie seien die Einzigen, die aufräumen.

Sand ist von der Hitze so erschöpft, dass Gustav sie nicht dazu bewegen kann, mitzukommen. Auch die Erwähnung von Eis und der Pinkel-Wand lässt sie nur müde den Kopf heben. Gustav kommt zum ersten Mal der Gedanke, dass Sand wirklich alt geworden ist.

Draußen ist es unerträglich heiß. Es ist so unerträglich

heiß, dass das Ende der Straße vor Gustavs Augen verschwimmt und der Asphalt unter Gustavs Füßen nachgibt. Ohne Sand fühlt Gustav sich nur halb. Ohne Sand fühlt Gustav sich der Stadt hilflos ausgeliefert. Aber sie kann jetzt nicht zurück in die Wohnung. Dort läuft sie ja direkt Ramona und Sara in die Arme. Und außerdem ist heute ihr Geburtstag. Egal, was die anderen machen, Gustav wird Dinge tun, die ihr Spaß machen. Ein großes Eis mit doppelter Schokoladensoße essen, zum Beispiel. Viel mehr fällt ihr jetzt auch nicht ein. Sie geht in die Richtung, in der Moon wohnt. Nur für den Anfang. Sie wird später in die Straße zum Eisladen abbiegen. Ein kleiner Umweg, mehr nicht.

Als sie Moons Haus von weitem sieht, werden ihre Beine weich. Sie läuft weiter, bis sie direkt vor dem Haus steht. Die Vorhänge sind zu. Aber die Balkontür ist offen. Gustav steht einfach nur da. Vielleicht hofft sie darauf, dass Yella rauskommt und sie fragt, was sie hier macht. Vielleicht darauf, dass Moon auf dem Balkon erscheint. Aber was würde sie dann sagen? Sie weiß es nicht. Es ist aber auch egal. Denn es tut sich nichts. Der Balkon liegt wie schlafend in der Mittagssonne. Nur ab und an geht ein Luftzug durch die Vorhänge. Keine Yella erscheint. Und auch kein Moon.

Das wäre ja auch die Höhe, denkt Gustav, wenn der jetzt einfach auf dem Balkon erscheinen und am besten auch noch so tun würde, als sei gar nichts passiert!

Gustav spürt, wie ihre Füße immer weiter in den weichen Asphalt sinken. Gleich wird sie hier für immer feststecken. Direkt vor Moons Haus. Das Geburtstagsdenkmal. Eigentlich eine ganz gute Vorstellung. Selbstverständlich würde sie kein Wort mehr mit Moon sprechen. Aber sie würde ihn jeden Tag daran erinnern, dass er nicht zu ihrem Geburtstag gekommen ist.

Gustav hat kein Gefühl dafür, wie viel Zeit vergangen ist. Erstaunlicherweise sind ihre Füße noch nicht im Asphalt versunken, sondern lassen sich ganz einfach vom Boden heben. Sie sieht Moon schon von weitem. Kaum geht sie vom Eingang seines Hauses auf die Straße, kann sie ihn sehen. Er kommt die Straße hoch. Gustav will weglaufen und bleibt trotzdem stehen. Wieder ist es, als würde der heiße Asphalt sie festhalten. Nur dass ihr die Vorstellung diesmal gar nicht gefällt. Aber dann schafft sie es doch, sich zu lösen. Flüchtet in eine Seitenstraße. Flüchtet dort in den Schatten eines Baumes. Die Beine wackelig, lässt sie sich auf den Boden sinken. Etwas an ihm war anders, denkt sie. Etwas an ihm war gar nicht Moon. Die hängenden Schultern, der Blick am Boden, von dem er kaum die Füße gehoben hat. Das Board, das unbeachtet hinter ihm über die Straße geklappert ist wie ein müdes Tier. Etwas an ihm war anders. Als hätte man die Luft aus ihm herausgelassen.

Zu Hause hat Iris einen Geburtstagstisch für Gustav vorbereitet. Schön sieht der aus mit Blumen und Kuchen und vielen bunt eingewickelten Geschenken. Mallorquinisches Geschenkpapier, wie Iris mit spitzer Stimme verkündet. Gustav bekommt die Turnschuhe, die sie sich schon so lange gewünscht hat, und ein Diabolo. Sie würde sich gerne freuen, aber über dem Tag liegt eine Staubschicht, die sich nicht wegwischen lässt, nicht durch Eriks betont gute Laune, und auch nicht durch ein Paar langersehnte Turnschuhe. Außerdem ist Iris' Ärger über die Party noch lange nicht abgeflaut. Iris hat sie nur für Gustavs Geburtstag zur Seite geschoben. Und das nicht mal besonders gut. An jeder Ecke lauert eine Explosion. Es fühlt sich an, als würden sie über ein Minenfeld gehen.

Ramona und Sara stört das wenig. Ihre Müdigkeit ist umgeschlagen in hysterische Euphorie, die sich als wildes, unkontrollierbares Gekicher in jedes Gespräch drängt und von Iris mit scharfem Blick in die Schranken gewiesen wird.

Erik versucht zu vermitteln und schenkt eine Menge Kaffee und Eistee in jede Richtung nach.

Gustav bedankt sich überschwänglich für jedes Geschenk. Sie fürchtet sich vor Iris. Die Hitze, die Müdigkeit und Moon am Ende der Straße haben Risse in ihr hinterlassen, mögliche Bruchstellen, und wenn Iris sie jetzt anmeckert, dann könnte es sein, dass Gustav auf der Stelle in ihre Einzelteile zerfällt.

Später am Nachmittag rennt sie im Flur gegen Erik, der seine Bettdecke und das Kopfkissen in den Camper bringt.

»Nur für ein paar Tage«, erklärt er Gustav. »Bis Iris sich beruhigt hat.«

Am Abend inspizieren Ramona und Sara Gustavs Bett. Sie stecken ihre Nasen in die Kissen, um herauszufinden, wessen Parfüm sich da riechen lässt, kommen aber zu keinem Ergebnis. Auch das Modell der Unterhose gibt keinen Aufschluss. Sara hält die Hose mit spitzen Fingern in die Luft.

»Wie ekelig! Beschreib doch mal genau, wie die aussahen, die da in deinem Bett lagen«, fordert sie Gustav auf.

Gustav versucht sich zu erinnern.

»Er hatte so blonde Locken«, sagt sie.

»Justin!«

»Und sie braune lange Haare.«

»Wie lang?«

Gustav deutet mit den Händen Schulterlänge an. »Vielleicht auch länger.«

»Mann, Gusti, komm. Hatte die einen Pony?«

Jetzt meint Gustav, sich vage an einen Ring in der Nase zu erinnern.

»Justin und Merle!«, kreischt Sara.

»Ich glaub es nicht. Der ist doch noch Jungfrau. In deinem Bett! Und was haben die genau gemacht«, hakt Ramona nach.

»Geschlafen! Das war ja das Problem.«

»Du glaubst doch nicht wirklich, dass die da nur geschlafen haben. Die haben sich gegenseitig entjungfert!« Sara heult vor Lachen.

Als Gustav später mit Sand ihre Runde dreht, ist Sand noch langsamer als sonst. An der Pinkel-Wand angekommen, hebt sie ihr linkes Bein zu hoch und fällt seitlich gegen die Wand. Sie schafft es nur mit Gustavs Hilfe, sich wieder aufzurichten. Auf dem Rückweg geht Gustav noch einmal beim Camper vorbei. Die Liegestühle lehnen zusammengeklappt an der Buswand. Erik ist nicht zu sehen, aber im Bus hört Gustav ein leises

Schnarchen. Vorsichtig öffnet sie die Tür. Erik liegt, den Kopf am Fußende, auf dem Bett und schläft. Auf dem Weg zurück zur Wohnung hört sie Ramona und Sara schon von weitem. Die beiden stehen auf ihrem Balkon:

»Gusti, guck mal hoch!«

Oben weht die orangefarbene Unterhose an einem in die Blumenkästen gesteckten Besenstiel – wie an einem Fahnenmast.

»Als Zeichen dafür, dass hier die Party des Jahres war, auf der Justin seine Unschuld an Merle verloren hat. In deinem Bett!«, brüllt Ramona.

13

Ich möchte:

Nie mehr mit dir auf einem Skateboard sitzen.

Nie mehr mit dir Knisterkaugummi essen.

Nie mehr wild durcheinander einkaufen.

Keine Sitzblockade in der Uni machen.

Und das Automatentier musst du von nun an auch alleine füttern.

Überhaupt, so gut kenne ich dich gar nicht. Am Ende bist du doch nur der Neue. Am Ende bist du doch nur der Glitzerfreak.

14

Während die Temperaturen draußen Rekorde brechen, herrscht zu Hause Eiszeit.

Iris' unterkühlte Stimmung am Tag nach der Party war nur ein kleiner Vorgeschmack auf ihren eigentlichen Gemütszustand. Eiskalt wie ein Kühlpack und abgeklärt wie eine Massenmörderin.

Gustav kann keine Hinweise darauf finden, dass sich das in nächster Zeit ändern wird. In der Wohnung hält Iris sich nur selten auf. Aber wenn, dann gehen alle auf Zehenspitzen. Wenn Iris etwas sagt, dann beinhaltet jeder ihrer Sätze die Botschaft, dass sie gerne wieder bei Maren wäre, und jeder zweite die Enttäuschung darüber, dass man Erik nicht vertrauen kann.

Hinter ihrem Rücken gähnt Sara darüber, dass ihr nichts anderes einfällt als diese immer gleiche Leier. Der Vorwurf von Iris, Gustav gegenüber nicht verantwortungsvoll gehandelt zu haben, trifft sie kaum. Das Wissen darüber, die Party des Jahres gegeben zu haben hingegen stimmt sie euphorisch.

Ramona ist schweigsam und kaum zu sehen in diesen Tagen. Die meiste Zeit sitzt sie auf dem Balkon unter einem aufgespannten Tuch, Stöpsel in den Ohren, und starrt auf ihr Telefon.

Gustav würde gerne mit einem guten Gefühl an Aninas Rückkehr denken. Aber der Gedanke an Aninas Rückkehr beunruhigt sie. Mehr noch, in Gustav steigen ernsthafte Zweifel auf, ob Anina und Paula je von der Düne zurückkehren werden. Vielleicht haben sie sich schon längst von ihren Familien abgeseilt und einer Gruppe von lässigen Franzosen angeschlossen, die den Großteil des Jahres am Strand verbringen. Und selbst wenn Anina wiederkommt, wird sie dann jemals wieder auf ihren Platz neben Gustav zurückkehren? Werden sie jemals wieder gemeinsam über Paula lachen? Oder wird Paula vergoldet und Gustav überstrahlend aus diesem Urlaub hervorgehen? Werden Anina und Paula in den Pausen die Köpfe zusammenstecken und über Gustav lachen, weil sie keine Ahnung hat von den geheimen Ecken französischer Strände und nicht weiß, wie sich das anfühlt, wenn das Salz des Atlantiks sich unter den Blicken eines coolen Franzosen in die Haut brennt. Schließlich ist Gustav noch nicht weiter als bis nach Dänemark gekommen und jetzt noch nicht mal dorthin.

Sand, die durch den Aufruhr an Gustavs Geburtstag

noch verwirrter als sonst wirkt, steht allen beständig im Weg. Unsanft wird sie von Iris beiseitegeschoben und liegen gelassen, wenn sie dabei zur Seite fällt. Überhaupt steht Sand öfter denn je vor verschlossenen Türen oder Wänden. Eines Abends verirrt sie sich unter dem Küchentisch. Vollkommen verängstigt steht sie unter dem Tisch zwischen den Stühlen, jault und findet nicht mehr raus. Als Gustav sie mit viel Mühe hervorlockt, hat sie schon vor Angst auf den Küchenboden gepinkelt.

Gustav sehnt sich nach der Zeit zurück, als alle Fenster zugehängt waren, der Müll sich in der Küche gesammelt und es überall nach Deo und Sonnencreme und Chips gerochen hat. Unter der Herrschaft von Ramona und Sara zu leben war zwar auch alles andere als angenehm, aber gemütlicher war es allemal. Damals durfte man im Nachthemd zum Frühstück erscheinen. Jetzt hat Iris die Regel eingeführt, dass die Küche morgens nur richtig bekleidet betreten werden darf. Dieses ewige Rumhängen in Nachthemden geht ihr auf den Wecker. Dieses ewige Rumhängen geht ihr ganz im Allgemeinen auf den Wecker.

»Dabei warst du doch immer diejenige, die hier stundenlang im Nachthemd Kaffee getrunken hat«, empört sich Sara.

Iris lächelt unterkühlt. »The times they are a changin'.«

»Bob Dylan«, schaltet Ramona sich von der Seite ein. Und als Sara sie verständnislos ansieht: »Das ist ein Zitat von Bob Dylan.«

Ramona, die sich in einem Forum für Midlife-Crisis eingeloggt hat, kann keine Erklärung für das Phänomen Iris finden. Sie kann nur spekulieren, dass Iris den warmherzigen Teil ihrer Persönlichkeit in Mallorca abgelegt hat. Vielleicht unter dem Einfluss einer esoterischen Frauengruppe. Gustav nimmt an, dass Ramona damit die Frauen meint, mit denen Iris auf Mallorca jeden Morgen einen Spaziergang gemacht hat und mit denen sie immer noch im regen Mail-Kontakt steht. Esoterische Frauengruppen sind ein Klassiker der Midlife-Crisis, erklärt Ramona.

Wesentlich gemütlicher als in der Wohnung ist es bei Erik im Camper. Hier sitzt Erik in seinem Liegestuhl, es gibt Eistee und Cracker, und es läuft immer, aber wirklich immer Musik.

»Das ist mal ein Urlaub«, seufzt Erik regelmäßig und streicht Gustav dann durch die Haare, als wäre sie sein Camping-Haustier.

Nur an Robert, der abends in Flipflops vorbeigeschlurft kommt, kann Gustav sich nicht gewöhnen. Auch wenn es nett von ihm ist, dass er ihr das Mundharmonikaspielen beibringt.

Gustav wünscht sich jetzt doch Anina zurück. Wäre Anina hier, dann wäre Gustav gar nicht auf ihre Familie angewiesen. Wäre Anina nie nach Frankreich gefahren, hätte Gustav sich überhaupt nicht mit Moon getroffen. Und dann müsste sie jetzt nicht ständig an ihn denken.

Seit dem Abend der Party ist Gustav nicht mehr im Freibad gewesen. Soll Moon doch dort auf sie warten. Sie will ihn nicht treffen. Auf keinen Fall. Wenn er überhaupt auf sie wartet. Wahrscheinlich, denkt Gustav, wahrscheinlich ist es ihm völlig egal. Schließlich ist es ihr, Gustav, auch völlig egal. Es könnte ihr nicht egaler sein.

Die Frau an der Kasse des Naturkundemuseums wirft Gustav einen mitleidigen Blick zu. Man kann sehen, dass sie denkt, dass mit einem Mädchen, das bei fast vierzig Grad alleine ins Museum geht, etwas nicht stimmen kann. Vielleicht hat sie recht. Doch zu irgendetwas muss dieser Ferienpass ja gut sein. Im Museum sind, außer Gustav, nur ein paar wenige Erwachsene.

Beim Betreten der Hallen fallen Hitze und Geschwindigkeit der Stadt, die an Gustav kleben, von ihr ab. Die Besucher gehen leise und andächtig durch die hohen Räume. Als gäbe es eine unausgesprochene Abmachung darüber, dass man hier nur die allernötigsten Geräusche macht. Gustav genießt die Stille und die Kälte, die vom

Marmorboden hochzieht. Sie bleibt vor den ausgestopften Schmetterlingen stehen und vor den Reptilien. Die Schmetterlinge, die nebeneinander in den Schaukästen aufgereiht sind, haben etwas Altmodisches. Je länger Gustav sie betrachtet, desto mehr hat sie das Gefühl, dass es sich bei diesen Wesen um Botschafter aus einer anderen Welt handelt. Die in Alkohol eingelegten Reptilien und Amphibien sehen aus, als hätte man sie aus dem Haus eines verrückten Erfinders geklaut.

Im hinteren Teil des Museums befinden sich die Vögel. Erst scheint es Gustav, als sei sie die Einzige, die sich überhaupt hier hinten aufhält. Doch dann entdeckt sie die beiden: einen Mann und eine Frau. Alt. So alt, dass Gustav sich nicht gewundert hätte, sie in den Schaukästen zwischen den Reptilien zu finden. Im Gegensatz zu den Touristen, die sich so große Mühe geben, leise zu gehen, kann man sich bei diesen hier gar nicht vorstellen, dass sie überhaupt jemals einen Laut von sich geben. Sie sind beide sehr klein, sehr dünn und sehr, sehr alt. Sie sitzen auf einer Bank vor einem Schaukasten mit zwei großen weißen Vögeln mit weiten dunklen Flügeln.

Gustav kann sich nicht vorstellen, wie die beiden hierhergekommen sind. Unvorstellbar, dass sie draußen auf der Straße herumlaufen. Bei einem Sturm würden sie, da ist Gustav sich sicher, sofort weggeweht werden. Oder man stelle sie sich in einem Bus vor. In der Gewalt eines dieser Busfahrer, die aus reiner Boshaftigkeit so abrupt abbremsen, dass diejenigen, die sich nicht festhalten, halb durch den Bus fliegen, auf die anderen Fahrgäste fallen. Gustav setzt sich neben die Alten. Sie bemerken sie gar nicht. Das Vogelpaar hat einander die Köpfe zugewandt, fast berühren sich ihre Schnäbel. Vor dem Schaukasten steht ein Text.

Albatros
Der Albatros lebt monogam.
Alle zwei Jahre trifft er seinen Partner zum Brüten.
Das Paar bleibt ein Leben lang zusammen.

Aus den Augenwinkeln versucht Gustav die knitterigen Gesichter der beiden Alten anzuschauen. Sie sehen erschöpft aus, aber gleichzeitig auch hellwach. Ihre Hände sind noch faltiger als die Gesichter und mit braunen Flecken gesprenkelt. Die Finger haben sie ineinander verflochten. Ihre Hand liegt über seiner, und ab und zu drückt sie seine Hand wie zur Versicherung, dass sie noch da ist. Und ab und an drückt er zurück. Kleine, fast unsichtbare Morsezeichen.

Und da versteht Gustav: Nicht einmal wenn draußen der Sturm des Sommers tobt, müsste man sich um diese zwei hier Sorgen machen. Denn wenn der eine wegfliegen würde, würde der andere ihn festhalten. Und was wäre schon dabei, wenn dann beide durch die Luft fliegen würden. Das wäre vielleicht sogar ganz schön.

Jetzt hat die alte Frau Gustav bemerkt und lächelt ihr zu. Ein kleines Lächeln. Genau genommen nur ein Zittern des Mundwinkels. Dann wendet sie sich wieder den Vögeln zu. Und so sitzt Gustav. Alleine zwischen diesen zwei Albatros-Paaren. Und als eine Träne über ihr Gesicht läuft, lässt sie sie einfach hinunterlaufen.

Zu Hause schlägt Gustav Iris vor, dass sie doch mal Erik im Camper besuchen könnten.

»Es ist gemütlich da.«

Iris hält Gustav einen Stapel Teller aus der Spülmaschine hin.

»Der letzte Ort, an dem ich freiwillig sein möchte, ist dieser miefige Camper. Und Robert fand ich schon immer unmöglich«, erklärt Iris.

»Robert kommt immer erst, wenn er den Laden abgeschlossen hat.«

»Was der für einen Quatsch faselt. Unfassbar. Kannst du die Schüsseln bitte ordentlich stapeln? Es macht mich wahnsinnig, dass ihr die immer so hintereinander in das Regal stopft.«

Gustav lässt die Schüsseln scheppernd ineinanderfallen und geht ohne ein weiteres Wort aus der Küche. Es ist ihr egal, dass Iris »Gustav, hallo, der Geschirrspüler ist noch nicht fertig!« hinter ihr her ruft. Soll sie doch.

Im Flur sammelt Gustav Sand ein und zieht sie hinter sich her in ihr Zimmer. Dort holt sie Eriks Diagramm unter ihrem Bett hervor. Sie betrachtet die Kreise und Pfeile. Ineinander verflochten wie die Hände des alten Albatros-Paares. Aber dies hier sind keine Hände, durch diese Pfeile fließt kein Blut. Dies hier ist nur ein Diagramm.

Keines der Wetter-Diagramme, die sie in der Schule anfertigen müssen, kann das Gefühl beschreiben, das Gustav hat, wenn nach einem langen, drückenden Sommertag der Regen auf sie fällt. In keinem der Balken und Pfeile spürt Gustav das Prickeln des Neuschnees auf ihren Wangen. So wenig, wie sie in Eriks Diagramm die Liebe finden kann. Eine Weile noch starrt Gustav das Diagramm an. So lange, bis die Kreise und Pfeile sich auflösen und miteinander verschwimmen. Dann nimmt sie das Papier und reißt es in lange Streifen. Die Streifen knüllt sie zu dichten, harten Papierkugeln zusammen, die sie um sich herum auf dem Boden verteilt.

Als es an der Wohnungstür klingelt, wacht Gustav aus einem tiefen Schlaf auf. Sie hört jemanden an die Tür gehen und öffnen. Dem schlurfenden Schritt nach zu urteilen, ist es Ramona.

»Ist Gustav da?«

Es dauert einen ganzen Moment, bis Gustav versteht, wer da vor der Tür steht und mit Ramona spricht.

»Gustav!« Ramona klopft an Gustavs Tür. Als Gustav nach dem dritten Klopfen immer noch nichts sagt, öffnet sie die Tür.

Von ihrem Platz unter dem Bett heraus kann Gustav jetzt Moons Turnschuhe und Ramonas nackte Füße in der Tür sehen. Sie stehen eine Weile dort.

»Soll ich ihr etwas ausrichten?«

»Ich wollte nur mein Geburtstagsgeschenk vorbeibringen.«

»Kein Problem, gebe ich ihr.«

Die beiden entfernen sich in Richtung Wohnungstür. Die Wohnungstür geht auf …

»Ich richte ihr aus, dass du hier warst.«

… und fällt wieder ins Schloss.

Jetzt erscheinen Ramonas Füße erneut in Gustavs Zimmertür.

»Nächstes Mal, wenn du dich unter dem Bett versteckst, wenn du Männerbesuch bekommst, Gusti, dann achte drauf, dass dein großer Zeh nicht unter dem Bett hervorguckt. Kommt besser.«

Moon sitzt auf den Treppenstufen vor dem Haus. Das Erste, an was Gustav denkt, ist: umdrehen. Zu spät, Sand hat Moon schon entdeckt und drückt glücklich ihre nasse Schnauze in sein Hemd. Gustav beschließt, einfach so zu tun, als sei Moon nicht da. Mit wackelnden Beinen weitergehen. Einfach so tun, als ob dort vor ihrem Haus kein Moon säße.

»Bleib doch mal stehen.«

Gustav bleibt stehen.

Moon sucht nach Worten.

»Es war wegen Yella und den Stimmungen.« Moon sucht nach Gustavs Blick, so wie er vorher nach Worten gesucht hat.

Gustavs Blick ist überall. Auf dem Boden. An der Hauswand nebenan. Auf Sand, die sich jetzt hat auf den Boden fallen lassen. Aber nicht bei Moon. Da ist er nie.

»Ich konnte Yella nicht alleine lassen. Du kennst sie ja nicht, wenn die Stimmungen ganz da sind. Dann ist sie ganz weit weg. Und ich weiß nicht, was sie von dort aus machen wird.«

Gustav denkt an Yella, an ihre klimpernden Armreifen, ihr helles Lachen. Sie spürt die Küsse, die sie verteilt wie Farbkleckse. Sie denkt an die kurzen Momente, in denen Yella den leeren Blick bekommt. So muss es sein, wenn die Stimmungen kommen. Dann ist sie irgendwo, nur nicht bei Moon. Dieser unbekannte Ort, an dem sie dann ist, ist gefährlich, das spürt man sofort. Es ist ein Ort, an dem Menschen wie Yella einfach verschwinden können. Man darf sie nicht alleine lassen, wenn sie dort ist. Gustav würde gerne etwas sagen, aber sie weiß nicht, was. Sie läuft einfach weiter. Laufen, denkt sie, ist auch ein wenig wie Sprechen, zumindest ist es besser als Stehen und Schweigen.

Vor der Pinkel-Wand stoppt Gustav so abrupt, dass Moon beinahe gegen sie läuft. Und auch Sand scheint der Geruch der frischen Farbe zu irritieren. Jedenfalls bleibt sie auch in einem Abstand von ein paar Metern stehen, anstatt wie sonst ihre Nase zwischen Boden und Wand zu drücken.

Stumm stehen Gustav, Moon und Sand vor der neu ergrauten Wand, in deren Mitte ein Schild mit der Aufschrift *Vorsicht frisch gestrichen* hängt.

Nach einer ganzen Weile fragt Moon: »Ist das die Pinkel-Wand?«

Sand ist die Erste, die an diesem Tag an die frisch gestrichene Wand pinkelt.

»Mann, Gustav, ich wusste nicht, dass Glitzerfreak so doll in dich verknallt ist.« Sara schüttelt begeistert den Kopf. Sie hat Gustav unter dem Vorwand, ihr das Geschenk geben zu wollen, in ihr Zimmer gelockt, und jetzt steht sie vor ihr, eine kleine, blau verpackte Rolle in der Hand.

»Ist er nicht!«, sagt Gustav.

Sara lässt die Rolle vor Gustavs Gesicht hin und her schwingen.

»Und du in ihn!«

»Das stimmt nicht!« Gustav brüllt jetzt fast und spürt, wie die Hitze in ihr Gesicht steigt.

»Mann, du schreist hier ohne Grund herum und wirst knallrot, wenn ich nur seinen Namen erwähne. Ich bin doch nicht doof. G-L-I-T-Z-E-R-F-R-E-A-K.«

Sara starrt Gustav an wie ein sehr interessantes Versuchsobjekt.

»Knallrot!«, stellt sie zufrieden fest. »Wie heißt der noch mal?«

»Moon.« Gustavs Stimme klingt heiser. Im Hintergrund gibt Saras Telefon wichtige Töne von sich.

»Moon …« Sara denkt nach. »Eigentlich ein cooler Name.«

Sie wirft Gustav das Geschenk hin.

»Hier. Ich fand ihn auch ganz nett. Auf jeden Fall voll

süß, dass er dir ein Geburtstagsgeschenk bringt. Warum war er jetzt eigentlich nicht auf unserer Party? Ich dachte, du wolltest ihn einladen.«

Gustav nuschelt vor sich hin, aber Sara hat sich schon ihrem Telefon zugewandt. Gustav streicht über das blaue Geschenkpapier, das unter ihren Fingern leise knistert.

»Komm mal zu mir, Gusti.« Ramona sitzt in einer Ecke des Balkons und raucht.

Als Gustav auf den Balkon tritt, klopft sie neben sich auf den Boden.

»Lass dich von der nicht ärgern.« Ramona nimmt einen tiefen Zug von der Zigarette.

»Jörg hat sich seit der Party nicht mehr bei mir gemeldet.« Ihre Stimme klingt so, als könnte sie jeden Moment in Tränen ausbrechen.

Gustav möchte die traurige Ramona gerne trösten.

»Vielleicht ist sein Telefon kaputt.«

Ramona lacht, aber ihr Lachen klingt nicht lustig.

»Kannst du mir mal einen Gefallen tun?«

Gustav nickt.

»Kannst du mal ganz nah an mein Gesicht kommen, so nah, wie wenn wir uns küssen würden, und mir sagen, ob die Pickel von dort aus betrachtet noch ekeliger sind als von weitem?«

Sie rückt mit dem Gesicht an Gustav heran, bis die beiden fast Wange an Wange sind.

Gustav betrachtet die roten Erhebungen in Ramonas Gesicht.

»Nein.«

Ramona blickt sie flehentlich an.

»Du musst nicht gleich kotzen?«

Gustav schüttelt den Kopf.

»Es sind einfach nur rote Punkte. Rot ist doch eine schöne Farbe.«

Ramona lacht.

»Hast du schon mal jemanden geküsst?«, fragt sie Gustav.

Gustav schüttelt erneut den Kopf.

»Das muss man üben. Ich bin bei meinem ersten Kuss richtig zurückgeschreckt.«

Sie guckt Gustav tief in die Augen, seufzt.

»War scheiße.«

Dann kommt sie, bevor Gustav etwas dagegen sagen kann, mit dem Gesicht ganz nahe an sie heran, bis ihre Lippen sich berühren. Ramonas Lippen schmecken nach Zigaretten und ein bisschen nach Salz.

Sand hat den ganzen Tag nichts gegessen und kaum etwas getrunken. Gustav schiebt sie zu ihrem Napf, doch sie lässt sich davor auf den Boden fallen und steht nicht mehr auf. Als Gustav ihr ein Stück ihrer Lieblingsschokolade hinhält, dreht sie den Kopf weg.

Gustav streichelt über Sands weichen Kopf. Sand guckt Gustav mit müden Augen an. Ihre Nase ist ganz trocken, deswegen taucht Gustav den Finger in den Wassernapf und tupft etwas Wasser auf Sands Nasenspitze, und das scheint ihr zu gefallen.

In der Nacht regnet es. In der Nacht lassen die Wolken, die über Tage die Hitze festgehalten haben, unter großem Getöse los. Gustav liegt bei offenem Fenster im Bett und hört zu, wie die Wassermassen über die Stadt hereinbrechen und die ausgetrockneten Straßen fluten.

Gustav holt Moons Geschenk hervor. Es ist eine Zeichnung.

KAKAO
Für dich, Gustav.
Wenn du magst.

15

Als Gustav am Morgen aufwacht, sitzt Iris im Flur und schrubbt den Boden. Der künstliche Duft von Jasmin kann den stechenden Geruch, der über der ganzen Wohnung liegt, nicht überdecken.

»Warst du gestern Abend gar nicht mehr mit ihr draußen?«, fragt Iris.

Gustav versteht erst gar nicht, wovon Iris redet.

»Sand! Der ganze Flur war voll. Die Arme hat was mit dem Magen.« Iris zeigt auf das Badezimmer.

Dort, unter dem Waschbecken, liegt Sand und hechelt. Als Gustav reinkommt, blickt sie sie angstvoll an. Gustav kniet sich neben sie. Auch Sand selbst verströmt diesen süßlichen Geruch, den Gustav schon im Flur wahrgenommen hat. Iris kommt ins Badezimmer.

»Wir müssen heute unbedingt zum Tierarzt mit ihr. Die dehydriert uns ja bei dem Wetter.«

Die Wohnungstür geht auf. Erik kommt rein.

»Schön, dass du auch mal wieder hier auftauchst. Der Hund ist krank«, sagt Iris.

»Was hat sie denn?«

»Magen. Ich habe den ganzen Morgen die Wohnung geputzt!«

»Tut mir leid. Du hättest ja Bescheid sagen können.«

Erik kniet sich neben Gustav und Sand und streichelt Sand, die jetzt ein bisschen weniger hechelt.

Iris geht in den Flur. Gustav hört, wie Iris am Telefon mit der Tierärztin spricht. Dann kommt sie wieder ins Badezimmer.

»Wir können gleich vorbeikommen, aber das Wartezimmer ist voll. Vorher sollen wir versuchen, ihr ein bisschen Wasser zu geben.«

Gemeinsam versuchen Erik und Gustav Sand dazu zu bringen, etwas Wasser zu sich zu nehmen. Erik hält ihren Kopf hoch, während Gustav ihr eine Handvoll Wasser unter die Schnauze hält. Sand streckt pflichtbewusst die Zunge raus, schluckt aber nicht, sondern lässt das Wasser einfach über die Zunge laufen. Danach guckt sie Gustav müde und entschuldigend an, bevor sie ihren Kopf wieder auf die Fliesen legt. Inzwischen sind auch Ramona und Sara wach, beschweren sich über den Wohnungsgestank und werfen mitleidige Blick ins Badezimmer.

»Wir müssen sie jetzt irgendwie ins Auto bekommen.« Iris hilft Sand hoch und schiebt sie in Richtung

Tür. Sand macht nur zwei wackelige Schritte, dann lässt sie sich wieder auf den Boden fallen. Sie hechelt, als wäre sie bei dieser Hitze einen Marathon gelaufen. Erik kniet sich zu ihr.

»Das geht nicht! Iris, die ist völlig fertig. Die schafft das nicht. Die Autofahrt bei dem Wetter und dann noch Wartezeit beim Tierarzt«, sagt Erik vorwurfsvoll.

Iris verdreht die Augen, verlässt das Badezimmer. Wieder hört Gustav Iris im Flur mit der Tierarztpraxis sprechen. Dann kommt sie wieder ins Badezimmer.

»Die Tierärztin kommt nach der Sprechstunde hier vorbei.«

Am Nachmittag klingelt die Tierärztin an der Tür. Sie ist groß und schlank und hat eine sehr ruhige Stimme. Gustav kennt sie schon so lange, wie sie Sand kennt. Sie mag sie sehr. Wenn die Tierärztin Sand untersucht, dann spricht sie dabei mit Gustav und erklärt ihr genau, was sie jetzt macht. Wenn die Tierärztin Sand impft, dann bittet sie Gustav manchmal, ihr zu helfen, denn obwohl Sand ein sehr mutiger Hund ist, zittern ihr doch oft die Beine, wenn sie die Spritze sieht. Und dann ist es nicht ausgeschlossen, dass sie der Tierärztin doch einmal in die Hand kneift. Gustav ist immer sehr stolz, wenn sie ihr geholfen hat.

Jetzt kommt sie mit einem kleinen braunen Arztkoffer die Treppe hinauf, oben angekommen, lächelt sie, wischt sich den Schweiß von der Stirn und sieht sich im Flur um.

»Und, wo ist unsere Patientin?«, fragt sie.

Gustav hat den ganzen Vormittag versucht, Sand mit einer kleinen Wasserpistole Wasser in den Mund zu spritzen. Die meiste Zeit hat Sand das Wasser einfach wieder aus der Schnauze herauslaufen lassen. Nur einmal hat es geklappt, und Sand hat sogar geschluckt. Trotzdem ist sie im Laufe des Vormittags immer schlapper geworden.

Die Tierärztin bittet Gustav, sich neben Sand zu setzen, damit sie nicht so große Angst hat. Gustav muss Sand unter dem Bauch stützen, damit sie stehen bleibt und die Tierärztin sie untersuchen kann. Sie guckt Sand in den Mund, sie hört das Herz ab und misst Fieber. Sie fragt Gustav, was Sand in den letzten Tagen gegessen hat, oder ob sie anders war als sonst. Als sie fertig ist mit ihrer Untersuchung, streicht sie Sand lange über den Kopf und sagt gar nichts. Dann guckt sie Gustav an.

»Deine Sand ist schon sehr alt«, sagt sie.

Gustav nickt.

»Genau genommen ist sie die älteste Patientin, die ich habe. Und bei alten Hunden ist das wie bei alten Menschen: Irgendwann wollen sie einfach nicht mehr. Weißt du, wenn Sand jetzt ein Wolf wäre, dann würde sie irgendwo in die Wildnis gehen und sich dort ein Loch graben. Und die anderen Wölfe würden verstehen, dass sie sich damit von ihnen verabschiedet. Aber Sand ist ein Stadthund, und weil es keinen Wald gibt, in dem sie sich verstecken kann, und ihr ihr Rudel seid, legt sie sich hier ins Badezimmer und hört auf zu essen und zu trinken. Sie sagt euch damit aber das Gleiche.«

Gustav nickt. Sie versteht.

»Wir könnten sie hier jetzt noch so liegen lassen, und sie würde wahrscheinlich im Laufe dieser Woche sterben. Sie ist schon stark dehydriert, wir müssten sie an den Tropf hängen. Aber das kostet sie auch viel Kraft. Ich glaube, wir könnten es ihr einfacher machen.«

Sie guckt zu Erik und Iris, Erik und Iris gucken zu Ramona und Sara, und dann gucken alle zu Gustav.

»Das ist dein Hund, oder?«

Gustav nickt.

Die Tierärztin legt eine Hand auf Gustavs Schulter.

»Gustav, was denkst du?«

Das ist Erik, der sich jetzt neben Gustav gehockt hat. Gustav nickt, und jetzt kann sie die Tränen auch nicht mehr zurückhalten. Sie laufen einfach über ihr Gesicht.

Sara und Ramona haben beschlossen, dass sie nicht dabei sein wollen, wenn die Tierärztin Sand die Spritze gibt. Auch Iris sagt, dass sie lieber rausgehen möchte. Erik ist unsicher.

»Es gibt da kein Richtig oder Falsch. Gustav und ich, wir sind auf jeden Fall bei Sand. Oder, Gustav?«, sagt die Tierärztin.

Gustav nickt, und die Tierärztin hält ihre Hand ganz fest. Erik seufzt einmal tief, und dann sagt er, dass er dableibt. Dass er auch bei Sand bleibt. Er fragt, ob sie Sand woanders hinlegen sollen, aber die Tierärztin sagt, dass das der Ort ist, den Sand sich ausgesucht hat. Gustav muss ein bisschen lachen. Sand hatte schon immer eine Vorliebe für ausgefallene Orte.

Dann gehen alle in die Küche. Und jeder geht noch einmal alleine zu Sand ins Badezimmer. Nur Ramona und Sara gehen zusammen.

Als Gustav sich zu Sand setzt, würde sie gerne so viel zu ihr sagen. Aber sie schafft es nicht. Kein Wort fällt ihr ein. Stattdessen lehnt sie ihr Gesicht an Sand, und die Tränen laufen einfach in ihr Fell. Bis ihr ganzer Rücken nass ist. Sand hechelt nicht mehr, sie atmet jetzt lang und flach. Irgendwann kommen Erik und die Tierärztin rein. Erik hat eine Kerze aus der Küche mitgebracht. Er setzt sich neben Gustav und streicht ihr über das Haar. Die Tierärztin zieht zwei Spritzen auf.

»Die erste«, erklärt sie, »ist, damit Sand ruhig wird und schläft. Erst wenn sie wirklich tief schläft, geben wir ihr die zweite.«

Die Tierärztin rät ihnen, Sand noch heute zu begraben.

»Suchen Sie sich irgendeinen schönen Ort im Wald, den Sand mochte.«

»Aber ist das nicht verboten?«, erkundigt Erik sich.

»Na, erwischen lassen sollten Sie sich nicht.« Sie lacht. »Und denken Sie daran, tief zu graben. Alles unter einem Meter wird von den Wildschweinen gefunden.«

Bei der Verabschiedung sagt die Tierärztin noch, dass gerade ein ziemlich fieser Magenvirus hier in dem Viertel herumgehen würde, der selbst die fitten Hunde ausknocken würde. Und so ein Virus in Kombination mit der Hitze und Sands Jahrhundertalter, das sei einfach eine schwierige Kombination.

»Freuen Sie sich, dass Sand so alt geworden ist«, sagt die Tierärztin. »Sie war wirklich die älteste Patientin, die wir je hatten. Und eine unserer liebsten,« fügt sie dann noch hinzu. Dann verabschiedet sie sich und verschwindet im Treppenhaus.

Erik und Iris beschließen, dass sie alle zusammen

mit dem Camper rausfahren. Gustav erinnert sich an einen Ort, an dem Sand, als sie noch lange Strecken laufen konnte, immer besonders glücklich über die Wiesen gerannt ist. Dort gibt es ein kleines Wäldchen. Iris findet das eine gute Idee. Dort ist es die meiste Zeit menschenleer, niemand wird sie beobachten. Dorthin werden sie fahren und Sand begraben. Aus den Tiefen der Abstellkammer fördert Iris einen großen Spaten zutage.

»Menschenleer?« Erik ist sich mit der Stelle, die Gustav ausgesucht hat, nicht so sicher. Gerade heute an so einem warmen Tag. »Da wird einiges los sein. Ganz in der Nähe ist doch dieser Baggersee!«, sagt Erik.

»Es wird uns schon niemand beobachten«, winkt Iris ab.

»Das kann richtig teuer werden, so einen Hund im Naturschutzgebiet zu verbuddeln! Hast du mal überlegt, was das kostet, wenn man dabei erwischt wird?« Eriks Stimme klingt jetzt echt dramatisch, und Iris sieht mit einem Mal nachdenklich aus.

»Meinst du? Aber was sollen wir sonst mir ihr machen?«

»*So einen Hund!* Wir vergraben doch nicht irgendeinen Hund! Wir beerdigen Sand!« Gustav spürt, wie ihr erneut Tränen in die Augen steigen. »Die Tierärztin hat gesagt, dass wir einen schönen Ort aussuchen sollen. Einen, den Sand mochte!«

Gustav schluchzt.

Iris seufzt.

»Ja. Ja! Du hast recht, Gustav.« Sie stemmt die Hände in die Hüften und dreht sich zu Erik. »Also, Erik, bist du ein Mensch oder eine Maus? Außerdem, falls wir erwischt werden, werde ich die Strafe ja bezahlen!«

Erik läuft rot an.

»Musst du immer mit dem scheiß Geld kommen?«, zischt er.

»Na, ist doch nur die Wahrheit«, zischt Iris zurück.

Und schon haben die beiden sich wieder ineinander verfangen.

Gustav spürt, wie Wut in ihr hochkommt. Große Wut darüber, dass Erik und Iris nicht einmal nett zueinander sein können. Nicht mal für einen Tag.

»Hört auf zu streiten! Hört sofort auf zu streiten!«, Gustav ist selber erstaunt, wie laut sie brüllen kann, und alle anderen sind es auch. Erik, Iris, Ramona und Sara – alle gucken sie Gustav verblüfft an.

Sara hält sich eine Hand aufs Ohr. »Aua!«

Und Iris sagt: »Entschuldige, Gustav. Wir hören auf zu streiten.« Und dann, mit einem Blick zu Erik sagt sie: »Wir fahren am frühen Abend, dann ist es schon leerer.«

Dann stehen sie alle ein bisschen hilflos herum. Gustav ist inzwischen ein Gedanke gekommen, der sie nicht mehr loslässt.

Um fünf klingelt es an der Haustür. Es sind Moon und Yella. Yella sieht dünn aus. Die Stimmungen hängen wie schwere Wolken um sie herum, und als sie sich zu Gustav hinunterbeugt und sie umarmt, ist ihre Umarmung wackelig. Gustav drückt ihre Nase in Yellas Hemd, das gut riecht, nach Holz und Sonne und nach Yella.

Moon steht in einer Ecke des Flurs, als wollte er sich unsichtbar machen und so vor Iris' neugierigen Blicken schützen, aber als Iris ihm eine kalte Brause anbietet, nimmt er an und geht hinter ihr in die Küche.

Vorhin, als Gustav Erik und Iris gefragt hat, ob Moon und Yella mitkommen können, haben ihre Hände gezittert. Sie war sich nicht sicher, ob sie Erik und Iris den Wunsch, die beiden mitzunehmen, erklären muss, aber die beiden hatten sofort verstanden. Nicht einmal Ramona und Sara haben eine ihrer blöden Bemerkungen gemacht.

Gustavs Hand hat auch gezittert, als sie Moons Nummer gewählt hat. Immerhin hatte Moon, als er ihr die Nummer gegeben hat, gleich gesagt, dass er das Telefon eigentlich nicht benutzt, weil es alt ist und kaputt, und das Geld nur selten zum Aufladen von Guthaben reicht. Das klang nicht wirklich wie eine Einladung zum Anrufen. Aber er ist gleich rangegangen, und Gustav hat an seiner Stimme gehört, dass er traurig war über die Sache mit Sand. Sie hat aber auch gehört, dass er sich gefreut hat darüber, dass sie ihn anruft. Darüber, dass sie möchte, dass er und Yella mitkommen, weil Sand das sicherlich schön gefunden hätte. Erst war Moon sich nicht sicher, ob er Yella aus dem Bett bekommt. Aber dann hat er noch einmal zurückgerufen und hat gesagt, dass Yella die Stimmungen heute egal sind. Dass sie, als sie von Sand gehört hat, gleich aufgestanden ist, und sie sich jetzt auf den Weg machen.

Als sie zurückfahren, ist es schon dunkel. Sie fahren über leere Alleen, an denen majestätische dunkelgrün beblätterte Bäume stehen, deren Kronen in den Nachthimmel ragen.

Niemand sagt ein Wort. In die Stille hinein sagt Gustav, dass sie es schade findet, das Sand sich nicht von ihrer Pinkel-Wand verabschieden konnte. Was denken denn jetzt die anderen Hunde, wo sie ist.

Iris wirft einen Blick nach hinten zu Gustav, legt ihre Hand auf Gustavs Knie.

Erik schiebt eine CD in den CD-Player.

Me and You and a Dog Named Boo.

Dann fängt er leise an mitzusingen. Iris stimmt ein, und dann auch Yella, später kommen Ramona und Sara dazu, und ganz am Schluss Moon und Gustav.

Dann singen sie alle aus vollem Hals.

»Me and you and a dog named Boo«, und alle weinen ein bisschen und auch ein bisschen mehr. Gustav öffnet ein Seitenfenster und hält den Kopf hinaus in die Dunkelheit und in den Wind.

»Me and you and a dog named Boo.«

Die Luft riecht nach trockenem Gras und nach Lakritz. Sie riecht nach Karamell und Regen. Die Luft riecht nach Sand.

Der Himmel ist klar und voller Sterne. Hier draußen vor der Stadt hängen die Sterne so tief, dass Gustav das Gefühl hat, sie müsste nur die Hand weit genug ausstrecken, um einen vom Himmel zu holen. Doch sie lässt sie dort. Bei ihrer Ankunft soll Sand sie alle dort oben vorfinden. Und dann erzählt Gustav den Sternen von Sand.

Sand ist so ein Hund. Ihr wisst schon.

Genau so ein Hund.

Mutig und weise.

Ihre Augen haben die Farbe von Karamell, umrahmt von nachtschwarzer Kohle.

Sie mag keinen Regen, und sie liebt Schokolade.

Ihr Bellen kommt von ganz tief drinnen, wie das Grollen vor einem Gewitter hoch in den Bergen, und wenn sie knurrt, dann klingt das nach dem Zirpen von Grillen.

Sie kann sich am Meer in den Sand legen und ganz verschwinden darin, und wenn sie neben Füchsen steht (was selten vorkommt), dann könnte man denken, sie ist einer von ihnen. So eine Farbe hat ihr Fell.

Sand ist so ein Hund, der mehr tanzt als läuft, und dessen Ohren im Wind flattern wie Fahnen.

Ihr werdet sie schon erkennen. Da bin ich mir ganz sicher.

Später, nachdem sie Moon und Yella nach Hause gebracht haben, steht Gustav am Fenster. Unten auf der Straße kann sie Iris und Erik vor dem Camper in der Dunkelheit stehen sehen.

Die beiden stehen einander gegenüber und sehen sich an. Dann macht Erik einen Schritt auf Iris zu und legt den Arm um sie, und Iris legt ihren Kopf an Eriks Schulter.

Lange bleiben sie so stehen.

16

Erik hat eine vorübergehende Wohnung in der Nähe gefunden. Iris und er haben beschlossen, dass das eine gute Idee ist. Räumlicher Abstand. Was danach kommt, wissen sie noch nicht. Erst mal hat Erik einen großen Auftrag für eine Hörbuchreihe und einen Vorschuss bekommen.

»Und dann?«, fragt Gustav.

Sie sitzen alle zusammen am Tisch in der Küche.

»Dann müssen wir uns besser organisieren. Wir bleiben ja eine Familie. Wir sind nur eben auf zwei Orte verteilt.«

»Das stellt ihr euch so einfach vor, oder was?« Ramonas Stimme zittert.

»Wir haben nie gesagt, dass das einfach ist«, sagt Iris.

»Es ist ziemlich, ziemlich scheiße schwierig«, fügt Erik hinzu. »Aber wir haben ja keine andere Möglichkeit. Wir müssen das hinbekommen.«

»Mann, o Mann!«, stöhnt Sara. »Ihr seid echt lustig. Eltern im Allgemeinen sind echt komisch.«

»Wie denn?«, fragt Erik und klingt ehrlich interessiert.

»Irgendwie uncool«, seufzt Sara.

Danach serviert Iris Pfannkuchen. Schwer, süß und pappig. Sie kleben an den Zähnen fest und verbreiten einen mehligen Geschmack im Mund.

Gustav kippt das halbe Glas Apfelmus auf ihren Pfannkuchen, damit sie ihn überhaupt runterbekommt. Iris selbst stochert unglücklich auf ihrem Teller herum und isst keinen Bissen.

»Ach, Mann! Schon wieder nichts geworden«, sagt sie.

Ihre Stimme klingt traurig, und Gustav hat das Gefühl, dass diese Traurigkeit schon vor dem Pfannkuchen da war. Sie war schon da, als Iris den Entschluss gefasst hat, die Pfannkuchen zu backen. Die Pfannkuchen schmecken, als hätte Iris ihre ganze Traurigkeit in eine Schüssel gekippt und versucht, sie unter Mehl und Eiern und ein bisschen Zucker zu verstecken.

»Tut mir leid, werft die einfach weg«, seufzt sie. »Ich weiß auch nicht. Ich habe mir so Mühe gegeben.«

»Mineralwasser?«, fragt Erik vorsichtig.

»Habe ich reingetan!«

»Mir schmeckt es«, behauptet Sara, und zur Bestätigung nimmt sie sich noch einen. »Wirklich«

Ramona nickt.

»Mir auch.«

Und dann essen sie alle schweigend weiter.

Und am Ende des Essens sagt Iris:

»Ich glaube, nicht mal Sand hätten diese Pfannkuchen geschmeckt.«

Ramona kichert, und Sara fängt an, leise zu weinen.

»Ich habe Sand nie was von meinem Pfannkuchen abgegeben«, schnieft sie.

Erik streicht ihr mit der Hand über den Rücken.

»Dafür hast du ihr manchmal das Fell gebürstet. Das fand sie super.« Ramona steht auf, geht zum Tiefkühlschrank. »Will jemand Eis?«, fragt sie.

»Ja!«, rufen alle gleichzeitig.

Erik packt Kisten. Er und Gustav sitzen auf dem Boden und ordnen Fotos. Erik blättert nachdenklich in einer der Fotokisten und holt ein Foto von Iris heraus.

»Guck mal. Da waren wir gerade ein Paar geworden. Genau an diesem Tag.«

»Wo hast du Iris kennengelernt?«

»Iris hat mich kennengelernt! Vor der Uni auf einem Parkplatz.«

Gustav betrachtet das Foto. Iris stützt sich mit den Händen auf der Mauer ab, auf der sie sitzt, und beugt sich lachend zur Kamera vor. Die langen Haare hängen ihr ins Gesicht, und ihre bunte Bluse ist an der einen Seite von der Schulter bis zum Handgelenk eingerissen.

»Wir sind über so einen Zaun geklettert, und Iris ist mit ihrer neuen Seidenbluse, auf die sie so stolz war, in einem Baum hängen geblieben. Das ist das erste Foto von uns.«

Erik kichert leise. Dann wird er wieder still.

»Du bist doch gar nicht auf dem Foto.«

Erik guckt Gustav erstaunt an.

»Doch!«, sagt er.

Gustav guckt zur Sicherheit noch einmal auf das Foto, aber da ist nur Iris zu sehen.

»Ich bin genau hier.« Erik zeigt auf Iris' Augen.

Gustav guckt sich Iris an. Ihre Augen sind blau, schmal und mit feinen Linien, die von den Augenwinkeln abgehen wie Sonnenstrahlen. Aber dann sieht sie auch etwas anderes. Sie sieht Erik hinter der Kamera. Sie sieht Iris durch Eriks Augen und gleichzeitig Erik durch Iris' Augen. Und genau in der Mitte, da kann sie jetzt das fühlen, was Erik und Iris verloren haben. Vielleicht ist es das, was die meisten Liebe nennen. Auf jeden Fall ist es da. Es ist hier in diesem Foto. Für einen kurzen Moment erscheint es Gustav gar nicht mehr so wichtig, ob Iris und Erik es wiederfinden. Vielleicht ist das so, dass diese Dinge ihre eigenen Wege gehen, dass sie Abkürzungen nehmen oder Umwege oder einfach in die entgegengesetzte Richtung laufen. Viel wichtiger ist es doch, dass sie da waren. Und dass wir wissen, dass es sie wirklich gegeben hat. Erik und Iris werden immer die bleiben, die in diesem Moment lachend und außer Atem an dieser Mauer angehalten haben, um ein Foto zu machen.

Gustav streicht durch die Wohnung und weiß nichts mit sich anzufangen. Es ist nicht einfach nur, dass Sand weg ist, es ist viel mehr so, dass Sands Wegsein da ist. Groß und schwer und dunkel. Es ist überall. Dort, wo ihr Napf stand, auf dem kleinen Teppich vor Gustavs Bett, wo sie am liebsten gelegen und am lautesten geschnarcht hat. Es ist nicht nur so, dass Gustav Sand nicht mehr in der Wohnung herumlaufen hört. Dort, wo vorher das leise Klacken auf den Dielen war, ist jetzt ein Nicht-Klacken. Jetzt, wo Sand nicht mehr da ist, erscheint Gustav der Abend ewig lang. Jetzt, wo sie abends nicht mit Sand rausgehen muss, weiß sie gar nicht, was sie in dieser Zeit machen soll.

Erik sitzt in seinem Zimmer auf dem Boden. Als sie hineinkommt, bietet er ihr an, sie könne ihm beim Kistenpacken helfen. Gustav legt ein paar von Eriks Büchern in die Kisten, dann überkommt sie eine so große Traurigkeit, dass sie aufsteht und ins Wohnzimmer läuft.

Dort sitzt Iris auf dem Sofa und tippt auf ihrem iPad herum. Als Gustav im Türrahmen erscheint, winkt sie sie zu sich. Gustav setzt sich neben Iris und lässt sich von der Hand, die gerade nicht über das iPad tanzt, den Kopf massieren.

Im Bad ist Ramona gerade dabei, eine Peel-off-Pickelmaske aufzutragen, während Sara auf dem Badewannenrand sitzt und ihre Fußnägel lackiert. Ramonas Pickel werden langsam besser, und auch Jörg hat gestern eine Nachricht geschrieben. Sein Freund hatte aus Versehen beide Telefone mit nach Leipzig genommen. Ramona nimmt einen Föhn und föhnt die Maske trocken, bis sie wirklich aussieht wie eine Karnevalsmaske und sich später in einem Stück vom Gesicht abziehen lässt.

»Ach, Mann!«, seufzt Ramona. »Mir fehlt dieser Sand-Geruch.«

»Mir fehlt ihr Schnarchen, ich konnte mich dabei immer so gut konzentrieren«, sagt Sara.

Ramona tippt sich mit dem Zeigefinger an die Stirn.

»Doch, wirklich! Ich hatte da gute Gedankengänge, während sie neben mir geschnarcht hat.« Sara seufzt tief.

»Du, Gusti, was ist jetzt eigentlich mit deinem Busen?«

Gustav spürt, wie sie rot wird, aber Sara erwartet gar keine Antwort, stattdessen verlässt sie das Badezimmer.

Als sie wieder ins Bad kommt, schwenkt Sara ein blaues Stück Stoff durch die Luft.

»Schaut mal hier! Mein erster BH.«

Sie bleibt vor Gustav stehen und hält ihr das Stück Stoff feierlich hin.

»Für dich«, sagt sie.

Gustav nimmt den BH und schaut ihn sich an. Die Farbe ist gar nicht so schlecht. Die Farbe ist sogar sehr schön: blautürkis wie das Meer. Und auch der Stoff ist schön, weich und fließend.

»Mann, ey, ich erinnere mich noch genau, wie stolz du auf den warst! Und dabei hattest du noch gar nichts! Zieh mal an, Gustav!«, drängelt Ramona.

Gustav weiß erst nicht so recht.

»Komm, bitte! Wir gucken auch nicht.«

Ramona und Sara halten sich die Hände vor die Gesichter, und Gustav weiß, dass sie durch die Zwischenräume ihrer Finger linsen. Sie kennt ihre Schwestern zu gut. Aber sie zieht das T-Shirt aus und schlüpft mit den Armen in die BH-Träger. Den BH zuzumachen ist gar nicht einfach, immerhin muss man mit den Armen ganz nach hinten hinter den Rücken greifen. Aber zum Glück hat Gustav das bei Iris, Sara und Ramona schon so oft gesehen, dass sie den BH jetzt ganz routiniert mit den zwei kleinen Häkchen verschließt.

Fasziniert betrachtet sie sich im Spiegel. Der BH lässt sie aussehen wie jemand anderes. Ein Mädchen, das sie vom Vorbeilaufen auf der Straße kennt. Ein Mädchen, mit dem sie sich vielleicht anfreunden könnte. Irgendwann einmal.

»Der sieht toll aus!«

»Geilo, Gustav! Voll schön!«

Ramona und Sara haben ohne Vorwarnung die Finger von den Augen genommen, und jetzt stehen sie neben Gustav und ziehen und zupfen von beiden Seiten an den Trägern herum und an den kleinen Schnallen, an denen man die Länge der Träger einstellen kann, und als sie fertig damit sind, betrachten sie ihr Werk im Spiegel und sind so stolz, als wären Gustav und der BH ihre eigene Erfindung. Dann sagt Sara mit feierlicher Stimme:

»Willkommen im Club!«

17

Am nächsten Morgen verkünden alle Zeitungen den vorerst letzten warmen Tag in diesem Jahr. Auf diese anhaltende Hitzewelle soll ein kühler Spätsommer folgen.

Iris steht in der Küche und telefoniert. Arbeitsgespräche. Ihre Ferien sind zu Ende, und seitdem ist sie wieder auf allen Leitungen unterwegs. Erik ist heute Morgen schon früh los in den Baumarkt. Von Ramona und Sara keine Spur. Gustav nimmt an, dass sie noch in ihren Betten liegen und schlafen. Entschlossen stopft sie den königsblauen Badeanzug und ein Handtuch in ihre Tasche.

Gustav will Moon sehen. Jetzt sofort. Es ist so ein grundsätzliches Gefühl, ein bisschen wie Hunger haben. Etwas, das man nicht in Frage stellen kann. Sie will Moon sehen, und sie will, Erbsen hin oder her, heute einfach mal schwimmen gehen. Es kann nicht angehen, dass sie einen ganzen Sommer lang keinen Fuß ins Wasser gesetzt hat. Das kann wirklich nicht angehen, denkt Gustav, dass zwei beinahe unsichtbare Erbsen einem das Baden abgewöhnen.

Moon sitzt schon auf den Fahrradständern vor dem Freibad, die Füße auf seinem Skateboard, auf dem heute kein Karton angebracht ist. Als er Gustav aus dem Bus steigen sieht, hebt er die Hand. Gustav läuft auf ihn zu, und plötzlich fühlt sich jeder Schritt so an, als hätte sie gerade erst laufen gelernt. Und das liegt eindeutig daran, dass Moon ihr dabei zusieht. Sie hofft, dass er sich wegdrehen wird, aber er denkt gar nicht daran. Gustav ist froh, als sie sich endlich neben ihn auf den Fahrradständer fallen lassen kann.

Eine Weile betrachten sie schweigend das Treiben vor der Freibad, die Schlange, die sich langsam durch die Drehkreuze schiebt.

»Wie geht es Yella?«

»Besser. Ich glaube, die Stimmungen sind vorbei.« Moon tritt mit der Fußspitze rhythmisch gegen sein Board. »Sie fragt, ob du bald mal wiederkommst.«

Gustav spürt, wie sich die Freude über Yellas Einladung sprudelnd in ihrem Körper ausbreitet.

»Gehst du heute nicht sammeln?« Sie deutet auf das Board.

Moon schüttelt den Kopf.

»Keine Lust! Heute will ich mal was anderes machen.«

Und dann lächelt er. Ein ungewöhnlich breites Moon-Lächeln, das fast nur aus Augen und Zahnlücke besteht.

Gustav guckt schnell auf den Boden und dann wieder zur Schlange vor dem Freibad. Der Sommer neigt wirklich zum Klebrigsein, denkt Gustav. Angefangen bei den Haaren und den Kleidern über die Sonnencreme bis hin zum Eis. In der Mitte der Schlange entdeckt Gustav Jerome und Line, deren Münder wie Saugnäpfe aneinanderkleben, während sie sich Schritt für Schritt in Richtung Freibadkasse schieben. Na also.

Gustav zieht die blauen Träger des Badeanzugs hoch und betrachtet sich im Spiegel der Umkleide. Wenn sie sich auf die Zehenspitzen stellt, kann sie sich bis zum Bauchnabel sehen. Der Badeanzug sieht gar nicht so schlecht an ihr aus. Er sieht sogar ganz gut aus. Wer weiß, vielleicht würde er auch noch gut aussehen, wenn die Erbsen weiterwachsen. Zur Sicherheit aber legt Gustav sich ihr Handtuch erst mal um die Schultern, so dass die Enden fast bis zum Bauch hinunterhängen und ihren Oberkörper bedecken.

Moon wartet vor der Umkleide. Er trägt eine von diesen langen Badehosen, die um die Beine schlackern und bis zu den Knien gehen. Er hat einen komischen Bauchnabel, so einen, der ein Stück zu weit herausschaut. Als er Gustavs Blick bemerkt, schiebt er sich schnell das Handtuch vor den Bauch. So stehen sie sich gegenüber und grinsen, bis Gustav vorschlägt, dass sie ja ins Wasser gehen könnten. Im Nichtschwimmerbecken stehen die Leute dicht an dicht, wie Essiggurken im Glas, so voll ist es heute. Nur Gustav und Moon stehen mit einem halben Meter Abstand voneinander. Ständig schwimmt jemand zwischen ihnen durch und spritzt ihnen Wasser ins Gesicht.

Am Beckenrand kleben Jerome und Line zwischen anderen Paaren. In der Mitte des Beckens katapultieren die Jungs die Mädchen durchs Becken und drücken sie dann so lange unter Wasser, bis sie sich freigeschlagen haben und kreischend und prustend wieder auftauchen. Dann geht das Ganze von vorne los.

Nie, denkt Gustav, wäre sie eines dieser Mädchen, die auf die ineinander gefaltete Hand eines dieser Jungen steigt. Nie wäre Moon einer dieser Jungen.

Dieser Ort, denkt Gustav, ist Saugnapf-Oase, ist Essiggurken und Mädchen-Jungs-Katapult. Dieser Ort ist so vieles, aber überhaupt nicht Moon und Gustav. Gustav zieht sich am Beckenrand hoch, wo sie zitternd sitzen bleibt und Moon zusieht, der eine Runde zwischen den anderen durchs Becken taucht und dann direkt vor ihr wieder hochkommt.

Schweigend laufen sie nebeneinander über die Liegewiese und am Kiosk vorbei. Der Kiosk-Verkäufer hat das Radio laut aufgedreht, und das Lied, das da läuft, gefällt Gustav. Gefallen ist eigentlich nicht das richtige Wort. Das Lied gräbt sich Note für Note unter Gustavs Haut, und dort, wo es unter der Haut ist, stellen sich die kleinen Haare auf ihrem Arm auf.

Sie bleibt stehen. Moon ist auch stehen geblieben. Sie muss ihm gar nicht sagen, warum sie hier stehen geblieben ist. Sie kann sehen, dass er versteht, warum. Um sie herum geht das Getöse im Schwimmbad weiter: die schrillen Schreie vom Becken, das Rauschen des Wassers, aber durch das Lied ist es, als hätte jemand all diese Hintergrundgeräusche leiser gedreht. Die Musik legt sich über genau das Stück Rasen, auf dem sie jetzt stehen, und macht diesen Teil des Freibads zu dem, was es sonst nicht ist. Es macht diesen Ort zu einem Moon-Gustav-Ort. Moon guckt Gustav an. Und Gustav schaut zurück. Aber was sie in diesem Moment sieht, ist nicht nur das Blau seiner Augen. Es ist viel mehr. Es ist, als könnte Gustav direkt in Moon hineinsehen.

»Auaaa!«

Ein kleiner Junge ist in Moon hineingerannt und hingefallen.

Auf Moons Frage, ob er sich weh getan hat, antwortet er nicht, sondern dreht sich um und rennt hastig weiter.

Moon und Gustav sehen ihm nach, bis er eine Frau

erreicht, an deren Bein er sich wirft und anfängt zu schluchzen. Als sie sich wieder ansehen, ist das Lied zu Ende. Es folgt eine Werbung für Gartenmöbel. Die Umgebung ist wieder laut und schrill. Gustav fühlt sich, als wäre sie in einen Sturm geraten. Sie fühlt sich, als wäre sie von einem sehr weit entfernten Ort wieder hier angekommen. Vielleicht hatte Erik recht, als er gesagt hat, dass Musik betrunkener machen kann als Alkohol.

Der Kiosk-Verkäufer kommt raus und räumt die leeren Pommestüten und das Eispapier von den Tischen.

»Was steht ihr denn hier wie festgewachsen«, rumpelt er sie an.

»Wie bitte?«, fragt Moon ganz höflich und auch ein bisschen verwirrt. Mit seinen abstehenden Haaren sieht er wirklich so aus, als käme er gerade aus einem Sturm.

Gustav fängt an zu lachen. Er sieht so lustig aus. Ein bisschen so, als wüsste er gar nicht, wo er ist.

Der Kiosk-Verkäufer stemmt die Hände in die Hüften.

»Na, wat jibsn hier zu lachn?«, fragt er.

Moon hat auch angefangen zu lachen.

»Was war denn das für ein Lied eben?«, prustet Gustav.

Der Mann vom Kiosk schüttelt verständnislos den Kopf, und dann sagt er: »Dit weeß ick doch nich, Kindas. Denkta, ick hab hier nücht Bessret zu tun als Radio zu hörn? Ick hab heute früh um achte …«

Er hat noch nicht zu Ende gesprochen, da fängt Gustav an zu rennen, und Moon rennt auch los.

»Na, watn jetz los? Eben warta hier noch festjewachsn, und jetz kannet nich schnell jenuch jehn?«, ruft er ihnen hinterher.

Gustav dreht sich noch einmal um, um dem verdatterten Mann zu winken. Zusammen rennen Gustav und Moon prustend vor Lachen über die Freibadwiese, bis sie nicht mehr können und stehen bleiben und nach Luft schnappen wie Fische auf dem Land.

Vor dem Schwimmbad schlägt Gustav vor, in den Plattenladen von Robert zu fahren.

»Wir könnten ihn nach dem Lied fragen.«

»Komm, ich ziehe dich.«

Gustav stellt sich auf das Board, und Moon nimmt sein Handtuch wie ein Seil.

Dann ziehen sie einander abwechselnd auf dem Board durch die Stadt. Die Stadt liegt unbeweglich in der Hitze. Gustav und Moon fahren über leere Gehwege. Die wenigen Leute, die draußen sind, sitzen auf Bänken und wedeln sich mit Zeitungen und Hüten Luft zu. Es ist, als ob alles stillsteht und nur Gustav und Moon in Bewegung sind.

Der Plattenladen ist kühl und leer. Robert sitzt mit

einer Cola hinter der Kasse und scheint nicht erstaunt, Gustav im Plattenladen zu sehen.

»Und, Gustav, heute endlich den Zehner geschafft?«

Gustav würde Moon gerne erklären, dass man Roberts seltsame Kommentare einfach ignorieren kann, aber Moon wundert sich gar nicht.

Er baut sich vor Robert auf und verkündet: »Den macht sie doch schon seit Jahren.« Und dann sagt er: »Wir suchen ein Lied.«

Das wiederum scheint Robert gar nicht zu wundern.

»Titel? Interpret?«

Gustav und Moon sehen sich fragend an.

Robert seufzt. »Wie heißt es, und von wem ist es?«

»Das wissen wir leider nicht«, sagt Moon.

Und bevor Robert wieder etwas Blödes sagen kann, fügt Gustav hinzu:

»Wir können es dir aber vorsingen.«

»Nur zu«, sagt er, »ich bin gespannt.«

Und er sieht wirklich interessiert aus. Robert setzt sich auf einen der Barhocker, die im Laden stehen.

Dann passiert eine Weile lang gar nichts. Gustav ist sich mit einem Mal nicht mehr so sicher, ob sie sich das wirklich traut, einfach so loszusingen vor Moon. Im Auto damals war das etwas anderes. Da haben sie alle ja nur mitgesungen, aber ins Nichts hinein zu singen, ist etwas anderes, es fühlt sich seltsam nackt an. Moon aber traut sich.

Er fängt leise an zu summen. Er summt das Lied aus dem Freibad. Gustav erkennt es wieder, und es hört sich gut an. Gar nicht nackt oder so. Und als Moon zur richtigen Stelle kommt, singt Gustav:

I' m going where the sun keeps shining.
Through the pouring rain.
Going where the weather suits my clothes.

Danach weiß Gustav nicht weiter, und deswegen summt sie noch ein bisschen mit Moon zusammen. Das klingt richtig gut, findet Gustav. Robert findet das nicht.

»Schluss. Schluss. Aufhören bitte! Habe schon verstanden«, ruft er.

Dann baut er sich vor den beiden auf und verschränkt die Arme vor der Brust.

»Aha, das wollt ihr hören. So welche seid ihr also. Die anderen brutzeln in der Sonne, und ihr wollt im Schatten sitzen und *Everybody's Talking* hören.« Er läuft in den hinteren Teil des Ladens.

»Ich hoffe mal schwer für euch, dass ihr das Original von Fred hören wollt. Schlechte Coverversionen führe ich nämlich nicht.«

Er wühlt in einem der Plattenkästen.

»Na, wer sagt es denn!« Triumphierend hält er die Platte in die Luft. Vorsichtig holt er die Scheibe aus der Hülle und legt sie auf den Plattenteller. Dann setzt er die Nadel auf. Allein das leise Knistern vor dem Lied scheint für Robert schon Musik zu sein. Zumindest schließt er die Augen erwartungsvoll und summt leise.

Es ist wirklich *das* Lied.

Robert ist zwar ein bisschen seltsam, denkt Gustav, aber er kennt sich wirklich mit Musik aus.

Die drei stehen da und hören einfach zu. Irgendwann ist die Musik zu Ende.

»Noch mal.«

»Na gut.«

(…)

»Noch mal.«

»Das nervt jetzt langsam. Noch ein einziges Mal!«

(…)

»Noch mal.«

»Kinder, ihr macht mich fertig. Ihr erinnert mich daran, warum ich keine Kinder bekommen habe! Man ist euch einfach hilflos ausgeliefert, und das nervt. Nur noch ein einziges Mal!«

(…)

Eine Frau kommt rein. Sie fragt nach *The Cure.*

»Na, endlich mal wieder ein einigermaßen anständiger Plattenwunsch«, seufzt Robert. »Komm mal mit.«

Er führt die Frau in den hinteren Teil des Ladens, blättert durch die Kisten und redet und redet, und die Frau nickt und lächelt Robert an, und dieses Lächeln führt dazu, dass er weiter redet und redet. Die Platte ist inzwischen zu Ende.

»Du, Robert …?« Gustav ist sich nicht sicher, ob er nur so tut, als ob er sie nicht hört, oder ob er sie wirklich nicht hört.

Sie will gerade zu ihm rübergehen und ihn fragen, ob er nicht doch noch einmal … nur für sie … als sie sieht, dass Moon die Platte vom Teller nimmt.

Moons Blick ist wild und entschlossen. Gustav versteht. Sie nimmt das Board vom Boden. Leise geht sie zur Tür, öffnet sie, und dann spaziert Moon an ihr vorbei, ganz selbstverständlich, die Platte unter dem T-Shirt an den Bauch gedrückt, und in dem Moment, wo sie draußen sind, sprinten sie los. Sie bleiben erst stehen, als sie vor Gustavs Tür angekommen sind.

Mit zitternden Händen zieht Moon die Platte unter dem T-Shirt hervor und hält sie Gustav hin.

»Ich habe sie für dich geklaut.«

Die Hülle ist warm und ein bisschen nassgeschwitzt von Moons Bauch.

»Sehen wir uns morgen?«

Gustav muss nicht eine Sekunde überlegen.

»Ja.«

»Ich hol dich hier ab.«

Gustav kann das Leuchten, das vor Freude über sie kommt, nicht verstecken.

Als Gustav sich ein Brot in der Küche macht, kommt Erik.

Er fragt sie, ob sie heute mit Moon bei Robert im Laden war. Gustav nickt, und ihr wird heiß. Erik guckt Gustav komisch an, so von unten bis oben, als ob er sich nicht ganz sicher ist, ob das hier seine Tochter ist oder nur ein fremdes Mädchen, das seiner Gustav ähnlich sieht. Ob Robert ihm erzählt hat, dass sie die Platte geklaut haben? Zum Glück klingelt in dem Moment das Telefon, so dass Gustav einen guten Grund hat, fluchtartig die Küche zu verlassen. Am Telefon ist eine Frau. Und obwohl Gustav ihre Stimme nur ein einziges Mal auf einem Anrufbeantworter gehört hat, erkennt sie sie sofort.

»Grösner hier, ich möchte gerne mit Gustav sprechen.«

Gustavs Herz fängt an zu stottern. Einen kurzen Moment überlegt sie, ob sie einfach behaupten soll, dass diese Gustav, die hier verlangt wird, gar nicht zu Hause ist.

Der letzte Sommertag, wissen Sie? Gustav ist mit ihren Freundinnen Eis essen gegangen. Ach, Gustav? Nein, die ist mit Freunden noch mal losgezogen, bei dem Wetter.

»Ich bin dran.«

»Oh, da habe ich ja Glück.« Frau Grösner lacht.

Gustav steuert an Iris vorbei, die fragend auf das Telefon deutet, weil sie sich nichts anderes vorstellen kann, als dass jedes Telefonat für sie ist, in ihr Zimmer und schließt die Tür.

»Bist du noch dran, Gustav?«

»Ja.«

»Du hast ja angerufen, wegen deinen Eltern. Weil du dir Sorgen um sie machst.«

Gustav nickt.

Und obwohl Frau Grösner das natürlich nicht sehen kann, fährt sie fort:

»Die waren schon bei mir.«

Und dann erzählt Frau Grösner, dass Iris und Erik oft bei ihr waren. Das letzte Mal kurz vor den Sommerferien. Sie hatten bei ihr über Dinge geredet, über die man zu Hause manchmal nicht so einfach reden kann. Frau Grösner macht Pausen zwischen den Sätzen, aber es sind nicht solche Pausen, in die man hineinfällt, sondern gute Pausen. Pausen, auf denen man ganz leicht schwebt.

»Deswegen kommen Paare zu mir«, erklärt sie Gustav, »damit sie wieder lernen, miteinander zu sprechen.«

Pause.

»Manchmal finden sie einen neuen Weg zueinander.«

Sie macht eine lange Pause.

»Aber manchmal ist die Liebe einfach zu Ende.«

Gustav schluckt.

»Wie alt bist du, Gustav?«

»Zwölf.«

»Zwölf. Das ist ein interessantes Alter. Ich erinnere mich.«

Frau Grösner scheint jetzt ausführlich über dieses Alter nachzudenken, denn lange Zeit kommt gar nichts mehr, und Gustav ist sich jetzt auch nicht mehr so sicher, ob das nicht doch Hineinfall-Pausen sind. Und überhaupt, ein *interessantes* Alter – was soll das denn heißen?

Dann sagt Frau Grösner: »Gustav, du findest das jetzt vielleicht komisch, dass ich das so sage, aber ich habe das Gefühl, dass du ein besonderes Mädchen bist.«

Das sagt sie wirklich. Einfach so. Gustav sagt gar nichts.

Was soll man schon sagen auf so etwas.

Frau Grösner kichert.

Und Gustav findet auf einmal, dass ihr Kichern ein bisschen verrückt klingt.

»War schön, mit dir zu sprechen, Gustav.«

Und obwohl Gustav kaum ein Wort gesagt hat, hat sie das Gefühl, dass Frau Grösner das ganz ernst meint. Als Gustav auflegt, ist sie traurig, aber auch erleichtert. Vielleicht hat sie recht, dass Eriks und Iris' Liebe einfach zu Ende ist. Aber vielleicht auch nicht. Was kann man schon von Erwachsenen erwarten, die ständig kichern oder Pausen von einem Satz zum nächsten spinnen, selbst wenn es gute Pausen sind. Was kann man schon von Erwachsenen erwarten, die ihre Liebe irgendwo liegen lassen. Von Erwachsenen, deren Stimmungen wie Ebbe und Flut sind. Was kann man überhaupt von Erwachsenen erwarten. Vielleicht nicht allzu viel, denkt Gustav. Und dieser Gedanke ist gar nicht enttäuschend. Er ist leicht und aufregend.

In diesem Moment bekommt Gustav eine Nachricht von Anina. Sie schreibt, dass sie bald zurück ist und sich freut. Sie schreibt, dass sie Gustav vermisst hat.

Es ist schon spät, als Gustav noch einmal ins Wohnzimmer geht. Vorsichtig legt Gustav die Platte auf den Plattenteller, setzt den Tonarm auf die Rillen, so wie sie es bei Erik und Robert gesehen hat. Musik. Dann legt sie sich auf den Teppich, genau dorthin, wo Sand so gerne ihr Sonnenbad genommen hat. Dort, wo der Teppich ganz platt gedrückt ist und nach nassem Hundefell riecht. Durch die offene Balkontür weht der Wind ins Zimmer und über Gustavs Wange. Und mit einem Mal vermisst sie Anina ganz fürchterlich. Auf einmal möchte sie ihr von Moon erzählen, von der brennenden Geburtstagsrakete und von den Sternen, die außerhalb von Berlin ganz tief am Himmel hängen. Als könnte man nach ihnen greifen. Von den Albatrossen im Museum und von Frau Grösner und ihrem verrückten Kichern. Von Iris und Erik und ihrer Midlife-Crisis. Und von Sand. Von Sand, die nicht mehr da ist. Aber nur auf eine Art.

Gustav nimmt sich vor, nicht mehr so streng mit Anina zu sein. Soll sie James doch cool und süß finden und den Mascara von Karin benutzen, so viel sie will. Denn natürlich ist Anina auch dann schön, wenn sie wegen James leuchtet, und natürlich ist sie auch dann noch ungeschlagene Rülpsmeisterin, wenn sie sich von Jungs wie ihm bewundern lässt. Es ist nur so, dass Gustav gerne auch noch etwas von ihrem Leuchten abhaben würde. Nur einen winzigen Teil. Aber der sollte nur für sie sein. Und Gustav nimmt sich vor, dass auch sie immer ein Leuchten nur für Anina übrig haben wird. Moon hin oder her.

18

Als Gustav am nächsten Morgen aus dem Haus tritt, ist irgendetwas anders. Es ist genau dieser Tag, an dem der Hochsommer in den Spätsommer kippt. Ein leichter Wind fährt über ihren Arm und hinterlässt dort Gänsehaut.

Moon steht vor der Tür, die Hände in den Taschen. Als er Gustav sieht, lächelt er, und Gustav kann nicht anders als zurückzulächeln.

»Komm mit, ich zeig dir was.«

Moon läuft in Richtung der Pinkel-Wand. Gustav geht hinter ihm her. Direkt vor der Mauer bleibt er stehen. Dort steht in großen Buchstaben:

HIER PINKELTE SAND

Von Gustav zu Moons Hand ist es nur ein kleines Stück. Moons Hand ist warm und feucht.

An der Stelle, wo sich ihre Handflächen berühren, kribbelt es wie Knisterkaugummi.